京都であった泣ける話

株式会社 マイナビ出版

CONTENTS

そこにあなたという道標、そして縁(よすが)

ひらび久美

永遠(とわ)は語学学校の教室をぐるりと見回した。クラスメートは二十代の男女十人。永遠と同じ日本のほか、スイスや韓国、パラグアイなどからの留学生だ。

四ヵ月前に日本の大学を卒業した後、永遠はワーキングホリデー制度を利用して、ここニュージーランドのクライストチャーチにやって来た。現在はカフェでアルバイトをしながら、この語学学校で英語を学んでいる。毎週金曜日の午後は、学校のアクティビティの一環として、生徒が順番に出身国のお菓子を作って紹介することになっている。今日は永遠の番で、クライストチャーチでも手に入る材料を使ってサツマイモ茶巾(ちゃきん)を作った。

「これは茶巾という和菓子です。材料を蒸したり茹でたりして潰し、茶巾と呼ばれる布に包んで絞ります。今日はサツマイモを使いましたが、栗やカボチャ、ゆり根や小豆などでも作ります」

みんなに英語で簡単に紹介した後、お待ちかねの試食タイムになる。隣に座っているスペイン人留学生のマリサが、興味津々といった顔つきで茶巾を小さく切り、フォークで口に運んだ。味わった直後、目を丸くする。

「スイートポテトみたいな濃い味を想像してたけど、サツマイモ本来の味がするね！　おいしい！　私、日本のお菓子……和菓子って初めて食べた」

マリサは顔をほころばせた。その隣の、永遠より少し年上の日本人留学生のハルミが、難しそうな顔で眉を寄せる。

「でも、これってクリームチーズとレーズンが入ってるよね。伝統的な和菓子とは言えないんじゃない？」

厳しい口調の英語で言われ、永遠はたじたじとなりながら答える。

「茶巾絞り自体が和菓子の手法だからいいと思ったんですけど……」

「レシピはネットで調べたの？」

「いえ、自分で考えたオリジナルです」

永遠の返事を聞いて、クラスメートたちが「ほんとに？」「すごい！」と口々に言った。驚きと尊敬の眼差しを向けられ、永遠は戸惑って小声で答える。

「祖母が……京都にある和菓子屋の女将で、両親はパティスリーを経営してたから、和菓子も洋菓子も身近な存在だったんです」

「じゃあ、これは永遠のおばあさんとご両親の世界が融合したスイーツなんだね」

マリサに笑顔で言われたが、永遠は皮肉な気持ちで視線を落とした。

京都市・西陣にある一七〇〇年代創業と言われる老舗和菓子屋・百富の女将である祖母の多恵乃は、娘の美恵――永遠の母――が高校の同級生だったパティシエと結婚したことを許さず、美恵を勘当した。美恵と夫は永遠が十二歳のときに事故で亡くなり、独りぼっちになった永遠は多恵乃に引き取られた。そして、悲しみも癒えぬうちから厳しく礼儀作法を仕込まれる日々が始まった。学校が終われば店の手伝い、さらにはお茶にお花に着付けに日本舞踊……と習い事ばかりの毎日。学校の部活もできず、友達と遊んだ記憶もない。挙げ句の果てに、大学を卒業したら店の和菓子職人と結婚するように言われた。恋の一つもしたことがない――するヒマもなかった――というのに。

祖母が結婚を勧めた相手は、盛口一臣という店一番の職人だ。温厚で人望のある彼だが、現在三十七歳。二十二歳の永遠とは一回り以上歳が離れている。十二歳で両親を失った永遠を不憫に思ったのか、彼は簡単な和菓子の作り方を教えてくれたり、お祭りに連れていってくれたりした。だが、そうやってかわいがってくれたからこそ、彼は異性というより優しいおじさんのような存在だ。それもあって、永遠は大学卒業後、逃げるようにニュージーランドに来たのだ。

「永遠は日本に帰国したら、和菓子職人かパティシエールになるの？」

マリサに訊かれ、永遠は顔を上げて首を左右に振る。

「ううん、どっちにもならないよ」

正直、祖母の店である百富から逃げ出すことしか考えていなかった。帰国した後は、どこかの会社に就職できればいい、と漠然と思う。

「でも、この茶巾、すごくおいしいよ。和菓子職人になれるんじゃない？」

マリサに言われて、永遠はまた首を横に振る。

「うちのおばあちゃんなら、こんなの邪道って言うと思う」

「すごくおいしいのに〜。おばあちゃん、厳しい人なの？」

「超厳しぃよ。店の〝女帝〟って感じ。古風で頭が固いし」

永遠は言って茶巾を口に入れた。茹でて潰して砂糖と塩を加えたサツマイモで、コクのあるクリームチーズとラム酒漬けのレーズンを包んだ。紅茶に合うようにアレンジしたが、こんな茶巾、祖母なら絶対に認めないだろう。


その夜、アルバイトを終えてシェアハウスに戻った永遠は、ポストに自分宛のエアメールを見つけた。差出人は〝Kazuomi Moriguchi〟となっている。

永遠は二ヵ月ほど前、祖母からスマホに電話がかかってきたことを思い出した。

『ほんまに一臣さんと結婚する気はないのん？』と訊かれ、日本で何度も断わったのに、と内心いら立ちながら、『ありません』とはっきり答えた。

（だから、おばあちゃんは、私の気を惹くように一臣さんに手紙を書かせたん

だろうか)
八年前に亡くなった祖父が彼の才能を見出し、百富で一人前に育てた。そのことで一臣が永遠の祖父母に恩を感じているのは見ていてわかる。
(一臣さんはおばあちゃんに頼まれたら何だってするんだから。好きでもない私との結婚だって、平気でしそう。信じらんない。ありえない)
手紙を読む気になれず、自分の部屋の机の引き出しに無造作に突っ込んだ。

それから二週間たった日曜日の夜。永遠がリビングで共用のテレビを見ていたら、スマホに電話がかかってきた。画面には〝百富〟の文字。

(またおばあちゃんか。一臣さんとの結婚のことを言われるんだろうな)

無視しようかと思ったが、祖母は永遠が出るまで何度でもかけてくるに違いない。永遠は諦めて、自室に向かいながら通話ボタンをタップした。

「もしもし」

『永遠さん？』

祖母の声ではなく、低い男性の声が聞こえてきた。

「えっ、一臣さん⁉」

彼がかけてきたことに驚き、永遠は廊下で足を止めた。

『お元気ですか？』

「はあ、まあ」

『具合でもようないんかと心配してました。今日は女将さんの四十九日やったのに、連絡がなかったさかい』

一臣の沈んだ声を聞いて、永遠は眉を寄せた。

「四十九日って？　誰の？」

『女将さんのです。女将さん、先月亡くならはったんですよ』

「えっ、おばあちゃんが⁉」

『手紙を送ったんですけど、永遠さん、読んではらへんのですね？』

一臣の言葉を聞いて、永遠は記憶を手繰る。二週間前に彼から届いた手紙。あれはそんな大切な用件を伝えるものだったのか。しかし、なぜ手紙で？

「……すみません、あの、かけ直します」

永遠は電話を切って自室に急いだ。机の引き出しを開けて、一臣からの手紙を引っ張り出す。封を切ると、中には折り畳まれた便箋と白い封筒が入っていた。便箋は一臣からの手紙で、しばらく体調を崩しがちだった多恵乃が一ヵ月前に亡くなったこと、〝もしうちが死んだら、四十九日に納骨が済んでからこの手紙を永遠に送っておくれやす。せっかく留学して勉強してる永遠の邪魔をしたないさかい、それまでは知らせんといてや〟と頼まれていたことが書かれていた。だが、せめて納骨には来てほしいと考え、女将さんとの約束を破って早めに送りました、と結ばれていた。

永遠は震える手で白い封筒を開けた。そこには流れるような祖母の字で、手紙がしたためられていた。

【うちが死んだら永遠は独りぼっちになる。それが心配で、百富に永遠の居場所を作ろう、一臣さんに永遠のことを任せようと考えてました。永遠を百富にふさわしい女性にしようと厳しく育てたけど、それがほんまに永遠のためになったんか、今になって自信がありません。もし美恵を勘当しいひんかったら、永遠とも今と違う関係を築けてたかも、優しいおばあちゃんになれてたかもと、ときどき思います。永遠、百富のことは忘れて、永遠は永遠の思うように生きてください。一臣さんには彼にふさわしい女性を見つけてもろて、百富を継いでもらいます。厳しいばっかりのおばあちゃんで、ほんに堪忍え】

〝本当にごめんね〟と謝る最後の文は、涙が落ちたようにインクが滲んでいた。

手紙を読み返すうちに、視界が滲んでほかの文字も見えなくなる。

祖母は本当に厳しかった。けれど、それは永遠が将来独りぼっちになるのを案じてのことだったのだ。なぜそれを想像すらしなかったのだろう。

祖母が引き取ってくれなければ、母が育った家で暮らせなかったのは、頭では理解していた。だが、それを何かの言葉にしたことはなかった。祖母に勘当されたまま母が死んでしまったことが心に引っかかっていて、感謝という形で一度も伝えたことがなかった。それを、今になって狂おしいほどに後悔する。

「おばあちゃん……っ」

思わず嗚咽（おえつ）が漏れたとき、ドアがノックされた。驚いて振り返ると、開いたままのドアから、シェアハウスの住人の一人、スイス人のエマが覗いていた。

「永遠、どうかしたの？　大丈夫？」

エマは永遠がエアメールを抱きしめているのを見て、心配そうに問う。

「お家の人からの手紙？　もしかしてホームシック？」

永遠は瞬きを繰り返して涙を散らした。

「どうかな」

「ねえ、永遠、ストリートビューで自分の家を見たことある？」

エマは手に持っていたスマホを永遠に向けた。それは有名な地図アプリのサービスで、三百六十度撮影できるカメラで世界各地を撮影し、バーチャルで探索できるようにしているものだ。永遠自身、目的地を探すのに使ったことはあるが、自分の家を見たことはない。

「これ、スイスにある私の家族の家」

エマが操作して、赤い屋根の家の画像を表示させた。緑の庭があって、白い自動車が駐まっている。

「永遠の家も見られるはずだよ。住所を教えて」

エマに訊かれて、永遠は京都市上京区にある百富の住所を伝えた。聞き慣れない日本の住所に、エマは顔をしかめる。

「やっぱり住所じゃなくて、近くの目印とか名所を教えてくれない？」

「じゃあ、京都御所かな。英語ならKyoto Imperial Palaceだと思う」

エマがスマホを操作して、「これ？」と永遠に向けた。御所の西側、瓦屋根の蛤御門のストリートビューが映し出されている。一八六四年七月、尊王攘夷を掲げる長州藩と、会津藩・薩摩藩を中心とする幕府勢力が衝突した蛤御門の変。その事件名の由来となった門だ。祖母に連れられて御所を散策したとき、祖母は『百富は蛤御門の変の百年以上昔からあったんえ』と誇らしげに話していた。

「ゆっくり見ていいよ」

エマにスマホを渡され、永遠は魅入られたようにアプリを操作する。

御所の横の烏丸通を石垣沿いに北進する。御所を囲む緑の木々は背が高く、青い空と白い雲とのコントラストが美しい。すぐに中立売御門が見えてきて、それを背に中立売通を進む。車なら一方通行で進入禁止だが、ストリートビューなら問題ない。郵便局の前、ホテルの横を通り過ぎると、懐かしい店が見えてきた。明治時代に建て直された風格ある京町家だ。瓦屋根、目の細かい格子をはめた二階の虫籠窓、間口いっぱいに設けられた通り庇。百富の正面に来ると、年季の入った木の扉の前に、落ち着いた和服姿の小柄な女性が立っていた。顔はぼかされていて見えないが、まとめられた白髪と凛とした立ち姿は、祖母に間違いない。客を見送った後なのだろうか。普段と変わらぬ祖母の姿。何も伝えられないいまま この世からいなくなったはずなのに、祖母の姿がそこにある。

永遠の目に涙が盛り上がったとき、エマが言った。

「この人、もしかして永遠のおばあちゃん？」

「うん」

「ここにも誰か映ってるね」

エマが〝百富〟と白抜きされた黒染めの暖簾を指差した。不自然に持ち上がった暖簾の陰に、男性の姿がある。紺色の作務衣を着た一臣だ。祖母が入りやすいように、暖簾を持ち上げているのだろう。

一臣はそういう気配りと優しさのある人だった。

永遠の胸に何か温かなものがじんわりと広がっていく。

「この人は……おばあちゃんが一番信頼してる職人さん」

永遠は泣き笑いの顔でエマに「ありがとう」とスマホを返した。

「エマの言う通り、ホームシックみたい。家に電話して話をしてみる」

「それがいいよ」

エマは頷いて部屋から出て行き、ドアを閉めた。永遠が百富に電話をかけると、一臣の声が『はい、和菓子の百富でございます』と応じた。

「一臣さん、永遠です。せっかく送ってくれた手紙を今まで読まなくて、すみませんでした。それから、ずっと祖母のそばにいてくれてありがとうございました。祖母が大切にしていた百富を、これからもどうかよろしくお願いします」

一呼吸の後、一臣の静かな声が返ってくる。

『女将さんのためにも、お客様のためにも、これまで通りのお菓子を作り続けます。そやけど、これまで以上となると、難しいかもしれません』

「どうしてですか？　百富の女将が認めた一臣さんなら大丈夫なはずです」

『新女将にも認めてもらえたら、心強いんですけども』

「新女将？」

スマホの向こうで一臣が小さく笑う気配がした。

『永遠さんはそちらでときどき素敵なお菓子を作ってはりましたね。女将さんと一緒に永遠さんのSNSを見てたんです』

まさか祖母が見ていたとは思わなかった。「えっ」と驚く永遠に、一臣が穏やかな声をかける。

『〝あないな新しい感性がこれからの百富には必要かもしれへん〟と、女将さんは言うてはりました』

「おばあちゃんが……？　本当に？」

『はい。〝永遠がおったら百富に新しい風が吹き込むやろな〟とも……』

祖母の思いを伝える一臣の声を聞きながら、永遠は目を閉じた。まぶたの裏に、ストリートビューで見た祖母の姿が蘇る。画面ではぼかされていた祖母の顔が、いつもの凜とした表情を浮かべ、永遠を見つめてにこりと頷いた――。

京都で『ぬい旅』

編乃肌

『ぬい旅』とは？

『ぬい』は『ぬいぐるみ』の略。

大切なぬいぐるみを連れて旅をすることである。


「平日でも人が多いわね……駐車場、停められてよかった」

暑い夏が終わり、秋の訪れを感じる九月の空は、カラリと乾いた晴天。

渚は境内入口にある無料駐車場にミニバンを停め、まずは本殿の方を目指して歩き出した。

この『お稲荷さん』の総本宮である伏見稲荷大社に行こうと、ふと思い立って決めたのはつい二日前のことだ。天気予報が晴れマークだった今日を狙って、北陸から京都まで、約三時間半かけて車を運転してきた。

気ままな日帰りのひとり旅。いや……正確には、渚には旅のお供がいた。

「でっかい楼門だねえ、うーちゃん」

神社の楼門としては最大規模だという、どっしり構えた朱塗りの門の前で、渚はトートバッグに向かって話しかける。バッグから覗いているのは、長い耳が垂れた白いうさぎの頭だ。

もちろん本物のうさぎなどではない。『うーちゃん』はちょうど生まれたての赤ん坊サイズの、少し汚れたぬいぐるみである。

渚にとって此度(このたび)の旅行で欠かせないアイテムは、スマホと充電器、現金、身分証明書の類はもちろん、一番はこのぬいぐるみであった。

「ほら狐(きつね)、お狐様がいるよ。凜々(りり)しいお姿ね。なんだか見られているみたいで、通るの緊張するね」

傍(はた)から見れば完全に独り言と思われることも気にせず、楼門の左右に座る狐像を横目に、渚はうーちゃんと門をくぐる。

くぐったすぐ後で、正面から写真を撮るべきだったと後悔した。前日に使い捨てカメラも買ったというのに、普段から写真を撮る習慣がないので、どうにも忘れがちだ。

（あの人も、写真嫌いだったからなあ）

また帰りに撮ればいいかと気を取り直し、神楽や舞踏の舞台にもなる下拝殿の周りをぐるりと回り、内本殿への階段を上って行く。

そこでも、うーちゃんに「すごいね、立派だね」と話しかける渚に、横を通った大学生くらいの女性二人が怪訝（けげん）な顔をした。

「あの人、ぬいぐるみに真面目に話しかけていたよね？」

「まあ、旅先だし……変なおばさんだっているでしょ」

二十歳そこそこであろう彼女たちからすれば、三十代半ばの渚は立派なおばさんにカウントされるらしい。変な人扱いされたのもバッチリ聞こえたが、もとよりマイペースな性格の渚は、すぐに意識の外に流した。

お参りを済ませ、伏見稲荷大社と聞けば誰もが連想するだろう、「千本鳥居（せんぼんとりい）」へと向かう。いざ本物を前にすると、「わあ……」と呆（ほう）けた感嘆が口をついた。

何本も何本も果てしなく並ぶ赤い鳥居の中に、人がぞろぞろと吸い込まれていく様は、非日常的な光景と言えた。

その独特な迫力に呑まれて、渚は少し怯んでしまう。

人の波になかなか乗れない渚を、うーちゃんが真ん丸の目でじっと見つめている。早く行けと促しているようにも、大丈夫かと心配しているようにも、どちらにも受け取れた。

「……ここにずっといても邪魔だしね。行こう」

意を決して進もうしたところで、「あの、すみません」と後ろから声を掛けられる。

「もしよかったら、お写真を一枚撮ってくれないかしら？　千本鳥居の入口で、夫とふたりで写った写真が欲しくて……」

そう頼んできたのは、穏やかな雰囲気の老夫婦だった。六十代か七十代くらいの、いかにも人の良さそうな奥さまが、意外にも最新型のスマホを渚に差し出している。その横にいる旦那さんもニコニコと笑顔で、夫婦は連れ添えば似てくるというが、ふたりとも目元に刻まれた笑い皺がそっくりだ。

渚は「いいですよ」と快く引き受ける。

「助かるわ、ありがとう」

「でも私、写真を撮るのは不慣れで、上手く撮れないかもしれませんが……」

「大丈夫、大丈夫。私も旦那も、写真の良し悪しなんてわからないから」

聞けば夫婦で趣味の小旅行中で、渚に渡された最新型スマホは、彼らの孫が「旅行によく行くじいちゃんとばあちゃんには、写真が綺麗に撮れるコレがオススメだよ」と選んでくれたらしい。

「まったく使いこなせていないから、宝の持ち腐れよね」

茶目っ気たっぷりにそう言う奥さまに、渚は笑ってシャッターを切った。スマホの性能のおかげか、奇跡的に悪くない出来だ。

撮った写真を老夫婦に確認してもらう。

「まあ、とってもよく撮れているわ！」

「お前の言う通り、この人に頼んで正解だったな」

「そうでしょう？」

夫婦の会話に、渚は首を傾げた。

「ふふっ、実はね、どなたに撮影をお願いしようか探していたとき、あなたの連れているうさぎちゃんと目が合ったの。こんな可愛いうさぎちゃんと旅をしているなんて、きっと素敵な人だわって直感したのよ。撮ってもらうなら、この方がいいなって思ったの」

どうやら、うーちゃんが引き寄せたご縁だったようだ。老夫婦は満足気に礼を述べて頭を下げると、先んじて鳥居の向こうへ消えていった。

渚も鳥居の迫力にもう怯まず、少し遅れて夫婦に続く。いざ千本鳥居の中に入ってみると、差し込む陽に照らされた赤い柱が、絶え間なく連なる様がただただ美しく、一歩一歩感動しながら進んでいった。

「あ、あのふたりだわ」

中腹くらいでふと、前方にあの老夫婦の背中を見つける。

仲睦まじく肩を並べるふたりを見て、写真を撮ってあげたときは純粋に温かな気持ちを抱くだけだったが、今は遅れて一抹の寂しさが湧いた。

(私もあの人と、ここに来られていたらな……)

——渚の夫である粟田慎吾が亡くなったのは、ほんの半年前のことだ。

出会いは結婚相談所を介してで、慎吾は渚よりも六つほど歳上だったが、最初から馬があってトントン拍子にお付き合いは始まった。

慎吾は生真面目な性格で、朴念仁なところもあったが、そこが渚からすれば浮わついてなくて好ましかった。逆に慎吾の方も、おおらかな渚とは共にいて居心地がよかったようだ。

お付き合いを始めて一年と半年。慎吾はバラの花束でも指輪でもなく、リボンを巻いたうさぎのぬいぐるみを渡して、渚にプロポーズした。

『こういうとき、なんと言えばいいのか……その、君とこれからも人生を共にできたら嬉しい。俺と結婚してくれないか？』

『……お返事をする前に、ひとつ聞いていい？』

『なんだ』

『なんでうさぎのぬいぐるみ？』

渚は特段、うさぎが好きだとかぬいぐるみが好きだとか伝えたことはなく、三十を過ぎた女性にプロポーズするのに、このチョイスはいささか子供っぽくはないだろうか。

結婚云々（うんぬん）より先に、渚はこれを選んだ理由が気になってしまった。

『花束はどうにも俺の柄じゃなくて……。でも指輪はサイズがわからないし、わざわざ聞くのも、こう、戸惑ってな。他はなにも思い付かなくて……』

『うん、それで？』

『雑貨屋で目が合ったその子にしたんだ』

気まずそうに答えた慎吾に、渚はついに我慢できず吹き出した。プレゼント選びに迷走した結果、ぬいぐるみを選んだことも、ぬいぐるみを『その子』なんて可愛い呼び方をしたことも、全部ツボに入った。

もちろん、プロポーズの返事はＯＫ一択だ。このとき渚は、慎吾とだったら長い人生もずっと隣で笑っていられると、そう確信した。

『ありがとう、ぬいぐるみは大事にするわ』

これが、うーちゃんが渚の下に来た経緯である。

(懐かしいなあ)

思い出に浸りながら、渚はまだ出口の見えない鳥居のトンネルを歩いていく。夏の名残を孕(はら)んだ風が吹いて、うーちゃんの長い耳もゆらゆらと揺れた。

子どもがなかなかできなかった夫婦にとって、うーちゃんはまるで娘のようなポジションでもあった。今回だけでなく遠出するときは必ず連れて行ったし、自然にぬいぐるみに話しかけるクセも、渚はうーちゃん限定だ。

また慎吾も酔っ払ったときは、赤ら顔で缶ビールを片手に、稀にだがリビングのソファに座るうーちゃんに話しかけていた。

『なあ、うー。俺はな、いずれ自分の店を出すのが夢なんだ』

彼はイタリアンレストランで料理人のひとりとして働いていて、独立して店を構えたいという夢は、結婚する前から渚も聞かされていた。

このご時世、簡単にはいかないだろうことはわかっていたが、渚は積極的に応援していた。そういった具体的な目標を持ったことがない渚には、慎吾の夢がとても眩しく感じられた。

彼の夢が、いつしか渚の夢にもなっていた。

『俺の仲のよかった同僚が、俺より先に店を出したんだ。伏見稲荷大社でお参りしたら、今も経営は順調らしい。俺たちが店を出すときも、あそこでお参りするぞ。そのときは家族三人で行こうな』

……これも、慎吾がちょくちょく口にしていたことだ。

伏見稲荷大社で祈願するなら、なんといっても商売繁昌。そのご利益は絶大で、参拝に訪れる経営者は後を絶たない。

うーちゃんも入れた家族三人で、伏見稲荷大社で自分たちの店の成功を願う……そんな日が来ることを、渚は当たり前のように信じていた。慎吾に悪性の腫瘍が見つかるまでは。

(あ、終わった)

千本鳥居を抜けて、渚も過去の思い出からいったん抜け出す。

ここから先に進むと奥社奉拝所に着き、そこには一対の石灯籠がある。その前で願い事をして、灯籠のてっぺんに置かれている『おもかる石』を持ち上げ、予想より軽かったらすぐに願い事が叶う、重かったら叶いにくいと言われている。ちょっとした占いだ。

石灯籠に並ぶ人は長蛇の列と化していたが、渚もせっかくだし……と加わった。願い事をどうするか悩んでいる間に、列は意外とサクサク消化されていく。

あっという間に渚の番だ。つるりとした石の表面に触れながら、思い浮かんだのは、慎吾との幸せだった記憶の方ではなく、辛い闘病生活や彼を喪ったときの深い深い悲しみだった。

この半年、渚は気落ちしてまともな生活もままならず、看病のために事務の仕事を辞めていたこともあって、ほぼ家に引きこもっていた。周囲にはずいぶんと気を遣わせてしまい、渚の両親も慎吾の両親も、そんな渚の世話をなにかと焼いてくれたし、友人たちもあの手この手で元気付けようとしてくれた。

慎吾の職場の後輩だという子も家に来て、「慎吾さんの残したレシピで一品作るので、どうかうちのレストランに食べに来てください」とも誘われた。

だけど渚は新しい仕事を探す気力も湧かず、レストランにも行っていない。

渚がここを訪れた本当の理由は、慎吾の死から立ち止まったまま、ただ無為に生きる日々に終止符を打ちたかったからである。

ここに来たらなにかが変わるのではないかと、漠然と期待していた。

だから渚は願った……いつか慎吾さんのことを忘れられますように、と。すると石はとても重くて、渚はなんだか泣きたくなってしまった。

「だよね、忘れられないよね……」

やはりそう簡単にはいかないらしい。

「帰ろうか、うーちゃん」

弱々しくそう呟き、来た道を引き返そうとしたときだった。誰かがとても優しい声で、「もう一回やってみて」と渚に囁いた。

「え……今のまさか、うーちゃん？」

渚はうーちゃんが喋ったような気がして、驚いて足を止める。しかしそんなはずはなく、横から話しかけてきたのはあの老夫婦の奥さまだった。

「ごめんなさいね、また声かけちゃって。おもかる石を持ち上げたあと、泣きそうな顔されているのを見かけたから……結果が悪かったのかもと気になって」

「あ、ああ、いえ」

「だからもう一回やってみたらどうかしらって。私ね、おみくじは大吉が出るまで引き続けるタイプなの。自分の今後を変えるのは、自分次第。そう思わない？」

奥さまは「余計なお節介をしてごめんなさいね」と小さく微笑むと、離れたところで待つ旦那さんの方に歩いていった。

(自分の今後を変えるのは、自分次第……)

渚は奥さまの言葉に突き動かされるまま、再び列へと並ぶ。心が逸(はや)っているせいか、先ほどより列の進行が遅く感じたが、改めてまた石に手を掛ける。

(さっきとは少し違う願いを……そう)

慎吾を忘れることは難しい。それでも。

(彼のこと忘れずに抱えたままでもいい。前に進めますように)

腕に力を込める。一度目がウソのように、軽く持ち上がる石。

都合のいい思い込みだとしても、慎吾が「俺の分まで幸せになれ」と、そう伝えてくれているのだと感じて、渚の涙腺がじわりと緩む。

(慎吾さん……)

溜まった涙が落ちないように、ぐっと唇を噛んで、今度こそ渚はおもかる石に背を向ける。後ろでは次の人が「ちょっとちょっと、これ重たい！」やら「いや、けっこう軽いぞ？」なんて騒いでいた。

ゆっくり歩む渚の横顔は、落ち着いてどこか晴れやかだ。

(家に帰ったらまずは熱いお風呂に入ろう。部屋の掃除もしなきゃ。それから放置していた求人誌を開いて、みんなにお礼の電話もして……ああ、そうだ。また近いうちに、レストランにも行かないと)

抜けるような青空に目を細める渚に、うーちゃんはやわらかく笑ってくれているみたいだった。

めぐるめぐるコンパス

貴船弘海

東京駅に着くと、ボクは待ち合わせのコーヒーショップに入った。ボクとその女性は初対面だったが、お互いすぐに相手の姿を見つけることができた。テーブル席で向かい合ったボクたちは、なんとも奇妙な感覚に包まれる。それはまるで、たっぷりと時間が過ぎ去ったあとの、再会のように思えたからだ。

「あの……里菊さん、本日は、お忙しいところ……」

「ん？　里菊？　あれ？　もしかして、もう始まってる？」

「あ、いや、すいません。そのお顔ですので……つい……えっと……」

「じゃあ、今日の私は里菊でいいよ。どうせ、あとでそうなるんでしょ？」

「では――お受けいただけるんですか？」

「その顔を見たら、断れないよ。だってアナタ、あの写真の人にソックリだし。実は今日、断るつもりでここに来たんだ。だけどキミの顔を見て、考え直した。どうやら私たちは、色んな時空みたいなものを超えてここに存在してるみたいだし。それに私も、実はちょっと京都に行ってみたかったんだ」

「あ、ありがとうございます！　では申しわけありませんが、お急ぎいただけますか？　もしかしたら時間が、もうあまり……」

「うん。まぁ、それはいいんだけど……」

「は、はい」

「敬語、やめにしない？　同じ歳くらいだよね？　タメで行こうよ、タメで」

立花一郎（たちばないちろう）は、ボクの本当の曽祖父（そうそふ）ではない。ボクの本当の曽祖父・二郎（じろう）は、戦争で亡くなった。二郎の死後、兄の一郎が、父親を失ったウチの祖父を自分の息子として育てたわけだが、ＤＮＡという宿命によって、我々一族は皆顔が似ている。さっきの里菊の『似てる』という言葉も、よく言われることだ。

そしてその曽祖父・一郎が、今――亡くなろうとしている。

一郎は成功者であったが、生涯結婚することはなかった。なんでも若い頃に京都の舞妓（まいこ）・里菊と恋に落ち、彼女が京都を去った後も、ずっと忘れられなかったらしい。たった今、ボクの隣に座っている少女は、その里菊の曽孫だった。

「あの、里菊さん……例の写真なんですけど、持ってきてくださいましたか？」

京都に向かう新幹線の中、里菊に訊くと、彼女は呆れたようにこちらを見た。

「ねぇ、さっきの話、聞いてた？　敬語はやめて。一郎はもしかしてバカなの？」

「い、一郎？　なんでボクが曽祖父ちゃん？」

「同じ顔じゃない。今日の私は里菊。だったらアナタは一郎。いい？」

そう言いながら、彼女がバッグから一枚の写真を取り出す。それはなんとも雑に千切られた、半分の写真だった。そこに写っている若い頃の曽祖父・一郎に、ボクは思わず笑みを浮かべる。優性遺伝の奇跡。ボクと同じ顔だった。

「アナタもご存じの通り、私の曽祖母・里菊は五年前に亡くなってる。だけど彼女は、死ぬまでこの写真を握りしめていた。きっとアナタの曽祖父ちゃんのことが本当に大好きだったんだね。彼女、生涯独身だったし……」

「え？　でも、キミは……里菊さんの曽孫なんじゃあ……」

「戦後って、複雑な時代でしょう？　里菊は戦死した兄弟の子どものために京都を離れ、東京に戻り、忘れ形見を引き取って育てた。それがウチの祖父」

「ウ、ウチと同じじゃないか……」

ボクは彼女に、復員してからの曽祖父について説明した。彼女はそれに興味深く聞き入り、すべてを聞き終えると、真剣な表情で口を開いた。

「二人とも生涯結婚していない。今際の際でも写真を離さない。ねぇ、これって……もしかして壮大なラブストーリーじゃない？　私とキミは、そのエンディングを任されている。大役だよ、これは。いや、マジな話……」

「ボ、ボクも、昨夜は眠れなかった……すごく、緊張して……」

「コンパス、か……」

「コンパス？　何、それ？」

「生前の曽祖母、つまり里菊が、よく私に言ってたんだ。『すべてはめぐる。コンパスで描かれた、一つの〇のように。この世界をめぐり、あるべき場所に戻っていく。そして何度でも始まる』」

「あるべき場所に戻っていく。そして何度でも始まる。ちょっと……哲学的？」

「つまり……すべては繋（つな）がってるってことだと思う。私とアナタの顔が、里菊と一郎に似てるように。私たち人間は、その不思議な円環の中に生きている」

それについて、ボクは考えてみる。でも……あまりよくわからなかった。もしかしたらこれは、感覚で理解するしかないタイプの言葉なのかもしれない。

「つまり今回のボクたちは……その円を描く、コンパスの役回りなのかな？」

「わからない……でも、なんにせよ、主役はあくまで里菊と一郎だよ」

「あの……曽祖父には、まだ少し意識があるんだ」

「うん」

「だから……出来るだけ、やさしい笑顔で手を握ってやってもらえないだろうか？　シワシワな手だけど、ボクの大事な曽祖父なんだ。曽孫として、ボクは彼の人生の最期に、最高の夢を見させてあげたい」

「それは私も同じだよ。曾祖母が夢見たことを、私が代わりに叶えてあげたい」

そしてボクたちは新幹線の窓の外を見る。時はあまりにも速く流れていく。まるでここから見える風景のように。そして一度通り過ぎたものは、はるか後方へ消え去って行き、二度と取り戻すことができなくなる。

ボクは父に電話をかけた。隣に座っている里菊を、本当の里菊にするために。


曾祖父は誰にでもやさしい人だった。京都に生まれた曾祖父は、当時舞妓をやっていた里菊に出会い、恋に落ちた。だが二人がいっしょになることは、当時の世相が許さなかった。曾祖父の出征。それによって、二人は離れ離れにさせられた。そして終戦後、曾祖父が京都に戻った時――里菊はすでに京都を離れていた。愛する者を失った曾祖父は、その後がむしゃらに働き、現在の地位を築きあげた。そしてそんな曾祖父が、半年前医者に余命を告げられた際、己の人生最後のわがままを親族・関係者に告げたのだ。

『里菊に……会いたい……』

曽祖父に世話になった者たちは、曽祖父のために、京都を離れてからの里菊の足跡を必死になって追ってくれた。そしてついに発見したのが、今ボクの隣に座っている女の子の曽祖母だ。里菊本人はその時、すでに他界していた。

里菊を捜す手がかりは、曽祖父がいつも持っていた写真だった。なんとも雑に破られた半分の写真。曽祖父が所有する半分に写っていたのは、舞妓の姿をした里菊だった。

『もし戦地から生きて戻ってこれたなら、この写真を合わせて元通りにしよう』

それが曽祖父と里菊の約束だったらしい。だがその約束は叶わなかった。何故なら里菊本人は、すでにこの世から立ち去ってしまっていたから。

そしてボクは——その時思いついたのだ。曽祖父と里菊が再会できる、唯一の方法を……。

　京都に着くと、ボクと彼女はすぐに曽祖父の病院に向かった。曽祖父はこの数日でかなり衰弱していた。意識は途切れ途切れになり、言葉も上手く発することができない。『その時』が近いことは、誰が見ても明らかだった。

「なんか……メチャクチャ緊張してきた……」

　病院に向かうタクシーの中で、彼女が急にそう言った。

「私、できるのかな？　曽祖母ちゃんの代わり……」

「できると思う。って言うか、やってほしい」

「だって、誰かの最期の瞬間に立ち会うとか、よく考えたらヤバすぎじゃない？」

「ねえ、里菊。キミさっき『京都に行ってみたかった』って言ってたよね？」

「う、うん……」

「これが終わったら、ボクが京都を案内してあげる。色々と楽しいところに連れてってあげる」

「う、うん……」

「だから……頑張って。本物の里菊になって。一郎と里菊のコンパスを廻すんだ。『すべてはめぐる。コンパスで描かれた、一つの〇のように。この世界をめぐり、あるべき場所に戻っていく。そして何度でも始まる』」

「あるべき場所に、戻っていく……」

病院が見えてくる。この中には、本物の一郎が待っている。

そしてボクの隣にいる里菊は――本物の里菊に姿を変える。

準備を整えた彼女が廊下に姿を現すと、その場にいた親戚と関係者が一斉に息を呑んだ。ボクは里菊を導き、曾祖父が待つ特別室へと進む。こんなことができるのは、この病院が曾祖父が経営する会社の企業立病院だからだ。

「会長がお持ちのお写真を、出来る限り忠実に再現してみました」

秘書の女性と着物店の人はそう言っていたが、この完成度はどう考えても東京から訪れた彼女のおかげだった。

裾引。だらりの帯。ぽっちり。おこぼを履いた彼女の顔はもちろん白塗りで、美しい花簪が割れしのぶに映えている。それはまるで曽祖父の写真から抜け出した里菊が、カラー化して目の前に現れたような感覚だった。

「どうかな？　私、意外とイケてない？　めっちゃ舞妓はん」

「うん。キレイだ。とっても似合ってる」

「アナタ、何か言い慣れてない？　普段からそんなことばっか言ってるでしょ？」

「安心してくれ。残念ながら、ボクは彼女いない歴・人生だ」

「それもまた……どうなの……」

あきれたように肩をすくめ、里菊が曽祖父の部屋へ入っていく。ボクはベッドに眠る曽祖父に近づき、その細くなった肩を揺らした。

「ねぇ、曽祖父ちゃん。起きてよ。すごいお客様を連れてきたんだ」

ボクが言うと、曽祖父が弱々しく瞼を開く。それに頷き、ボクは続けた。

「超ビッグなゲストだ。なぁ、会いたいだろう？」

そう呼びかけても、曽祖父の目は虚ろだった。もしかしたら本当に……曽祖父はもうダメなのかもしれない。すると、いきなり横から里菊が割り込んできた。上から曽祖父を覗きこむ。

「お久しぶりです、一郎さん……」

里菊が曽祖父の名前を呼ぶと、曽祖父が大きく目を見開いた。信じられないような目で彼女の顔を見つめ、涙を溢れさせている。唇が小刻みに震えていた。

「さ、里菊……」

小さくそう言って、曽祖父がベッドの横の床頭台に手を伸ばす。慌てて駆け寄り、ボクはそこに置かれている半分の写真を曽祖父に持たせた。彼は震える手でそれを握り、そのまま里菊に差し出す。それに頷いた里菊が、自分の分の写真を取り出して、曽祖父の目の前で合わせた。

離れ離れになっていた一枚の写真が——数十年ぶりに元に戻った。

写真の中の若い男性と美しい舞妓が、少し微笑みを浮かべながら並んでいる。

「一郎さん……私も結婚していないんですよ。ずっとずっとアナタを想っておりました……」

「すべてはめぐる……めぐる……コンパス……元に戻る……」

その言葉を聞いたボクと里菊は、ビックリして目を合わせる。曽祖父が、生前の里菊と同じような言葉を口にしていた。

「写真も……元に戻った……もう……思い残すことはない……ありがとう、里菊……」

かすかにそう呟いた曽祖父に頷き、ボクは里菊に部屋を出るよう目配せした。里菊は手を離しながら、曽祖父に「一郎さん。頑張ってね」と言ってくれた。

曽祖父と里菊の美しい再会は、そのようにして終わった。でも曽祖父は幸せだったんじゃないかと思う。結局その夜に息を引き取るまで、彼の口元にはとても穏やかな笑みが浮かんでいた。

翌朝、ボクと里菊は京都駅にいた。京都を案内してあげるとは言ったが、考えてみれば里菊はまだボクと同じ高校生で、明日の月曜日は学校に行かなくてはならない。ボクたちは新幹線のホームに並んで座り、ただボンヤリと宙を見つめていた。

「あの世で……曽祖父(ひいじい)ちゃんは、本物の里菊さんに会えたんだろうか……」

ボクが言うと、隣の里菊が微笑みながら肩をすくめた。

「会ってるんじゃない？　きっとラブラブだよ。二人はきっとまためぐり会う。輪廻転生(りんねてんしょう)って言うじゃん？　生まれ変わって、また出会う。円だね、円。コンパスだ」

「そうだといいな……あ、そう言えば、これ、忘れてた。今回は本当にありがとう」

ボクがお礼を入れた茶封筒を差し出すと、彼女は「はぁ？」とそれを拒絶した。

「いらないわよ。そんなもののために、わざわざ京都に来たわけじゃない。曽(ひい)

祖母ちゃんのために来たんだ」

「でも……」

「とっとと引っ込めないと、殴るよ」

彼女が拳を構えると、新幹線がホームに入ってくる。ドアが開き、新幹線に乗り込むと、彼女がこちらを振り返った。

「ねぇ、そう言えば……私、一郎の本名知らないわ。アナタの本名、何なの？」

「あぁ……そうだった。めぐるだよ。立花めぐる。ひらがなだ。曽祖父ちゃんがつけた」

「え……」

それを聞いて、彼女は驚いた表情を浮かべた。ボクは首をかしげる。

「じゃあ、あの――里菊は？　キミは本当は、何て名前なの？」

「……めぐる」

「は？」

「私もめぐる。櫻井めぐる。ひらがな。曽祖母ちゃんがつけた……」

『すべてはめぐる……めぐる……コンパス……元に戻る……』

ボクの頭の中で、昨日の曽祖父が言った。

「じゃあ、めぐる。私、京都の大学を受けるの。もし合格したら、その時京都を色々と案内してよ。それから今日、お通夜でしょう？　一郎さんをきちんと送り出してあげて。元通りになったあの写真も、彼のそばに置いてあげてね」

彼女のその言葉で新幹線のドアが閉まっていく。車内から、里菊、いや、めぐるが微笑みながら手を振った。ボクもそれに応えて、右手を挙げる。

『すべてはめぐる。コンパスで描かれた、一つの○のように。この世界をめぐり、あるべき場所に戻っていく。そして何度でも始まる』

里菊が彼女に言った言葉が、なんだか少しだけわかったような気がした。

京都仮想現実同窓会

神野オキナ

最初はただの風邪、と言われていた病気が重篤化しやすい、大変な病気だと全世界がおびえるようになるまでは、あっという間だった。

治療薬もなく、予防するための薬もないまま、結局世界中で「自粛」という言葉が使われるようになり、転売屋のせいでマスクが高騰したり、消臭剤が消毒液だと称して売られたりのドタバタがあったものの、なんとか世の中は病気と折り合いをつけていこうとしている――が、やはりそれまでと決定的に違ってしまったのは、老人たちの生活だ。

自己免疫というのは倉庫みたいなもので、子供や若者ほど、余裕があるものだが、老人になると過去にかかった病気や触れたウイルスなどへ対抗するためのストックがイッパイで余裕がなくなる、だから老人は危ない……ということを克之が知ったのはこの騒動でのこと。

だが、老人たちも、医療関係者でもない限り、ほとんどが寝耳に水だったろう。

そして、気がつけば「老人は遠出をしない」ということが社会のマナーになってしまった。

旅行なんてとんでもない。家とその周辺を行き来するだけでいいじゃないか、と。

克之が、今年七十五になるお祖母ちゃんが、ショボリと旅行鞄から荷物を取り出して、着替えなどをタンスに戻してるのを見たのは半年前だ。

学生時代に仲良しだった「美ちゃん」という人が、京都にいると数十年ぶりに判って、トントン拍子に京都へ旅行する、と決めた数ヶ月後の話だった。

「決めた時にすぐ旅券を取るべきだったのよ」

溜息と共にお祖母ちゃんは言った。

「暖かくなってくるのを待ったのが、間違いだったわねえ」

がっくりと肩を落としていたのを見て、克之は何か出来ないかを考えた。

何しろお祖母ちゃんには世話になってる。

子供の頃は無理を言ってよくオモチャやゲーム、カードを買って貰ったし、今のゲームの仕事に就くことだって、親を説得してくれたのはお祖母ちゃんだ。お陰で今、会社は大きくなって克之も開発主任兼役員の一人にまでなった。

いつもして貰ってばかりだった。

何か返したい。

克之はそう思って、決意した。

＊＊＊

「はい、お祖母ちゃん、気をつけしてー！」

そう言って克之はスマホのシャッターを切りながら、祖母の周囲をグルグル回った。

場所は祖母の家で一番大きな十二畳ほどもある仏間である。

関東の端っこ、辛うじて東京と呼べるこの場所でも、これだけの家を構えるっての人は、昔の人は儲けてたという話は本当なんだろうなあと思う。

特に十年前に亡くなったお祖父ちゃんは、お祖母ちゃんと一緒に頑張って会社経営してた人たちだったし。

「カッちゃん、あたしにお化粧させて、なにをするんだい？　散歩じゃなかったの？」

それだけじゃないお祖母ちゃんには頼んで動きやすい一張羅……お気に入りのワンピースとカーディガンを着けて貰った。

「まーまー、いいからいいから。ほらほら、首傾げたり笑ったりしなくていいから。気をつけの姿勢で！」

克之は今年七十五歳になるお祖母ちゃんに、そう声をかけた。

「はいはい」

克之は最後に、動画でお祖母ちゃんを撮影する。

アプリに転送した。

「処理しています」の表示がグルグル回り出す。

「さ、お散歩の準備しよう」

克之はそう言ってニッコリ笑った。

あとは、克之が自分の家から持って来た段ボール箱の中身を組み立てるだけだ。家の玄関から、仏間までそれを運ぶと、克之はボールベアリングで出来たすり鉢状の床と、腰を支える円柱フレームをテキパキと組み立てる。

婆ちゃんは楽しんでくれるだろうか。いやきっと大丈夫。

「カッちゃん、それがお散歩の道具かい？　ＶＲの？」

「そうだよ」

克之はニッコリ微笑んだ。

＊＊＊

お祖母ちゃんは散歩が好きだ。朝晩かならず一時間はやってた。

それがこの疫病の騒動で、歩かなくなって半年になる。

さすがにいろんな身体の数値がよくない方向に動いて、医者から「少し運動しましょう」と逆に警告されるようになった。

で、克之は切り出したわけだ。

「VRって知ってる？」って。

「ええ、そりゃあまあ、知ってるわよ？　頭にヘルメットみたいなモノを被る(かぶ)やつでしょ？」

「それならさ、外の世界を見ながらお散歩できていいと思うんだよ」

「でもねえ……機械でお散歩……うーん」

「ルームランナー、お祖父ちゃん使ってたでしょ？　あれと同じだよ」

「そうかねえ……」

「まあ、会社の奴をテストしてくれ、ってことだからさ、お祖母ちゃん、手伝ってよ。お祖母ちゃんぐらいの人が使って違和感がなければ大丈夫だから……世のため人の為なんだ、お願い」

そう言って克之は手を合わせた――年を取ると新しいモノは苦手になる、だけど、「世のため人の為」となれば、少しはそれが和らぐ――これを教えてくれたその人がお祖母ちゃんなんだが、大抵の場合、自分の言ったことは、当人にとってもそうだ、ということで、あっさりお祖母ちゃんは、

「わかった」

と頷(うなず)いてくれた。


……で、克之は上司と話をして、最新型のＶＲシステムを二台手に入れたというわけ。

そして今に戻る。

克之はお祖母ちゃんの姿を撮影した後、すり鉢状の台から延びるアームに身

体を固定してやった。ちなみに足下には靴を履かせてる。これもお気に入りの奴。

「きつくない？」

「ああ、大丈夫だよ。これなんなの？」

「この上で歩いたり走ったりしたとき、転ばないようにするためさ」

そして最後に、頭に被せるタイプのＶＲシステムを装着した。

長時間のせて首を痛めないようにほとんどの部分を特殊な紙で作ったモノで、重さは五〇〇グラムもない。まあ、昔のメタルフレームの無骨なメガネ三つ分ぐらい。

「真っ暗だねえ」

「お祖母ちゃん、スイッチ入れるよ」

克之は本体のスイッチを入れた——起動と同時に、お祖母ちゃんの網膜をセンサーが感知、即座にレンズ焦点を変更して最適化する。

「あら明るい……あらあら！」

お祖母ちゃんは驚いた声を上げた。

「まあ、ここ……どこかしら？」

「清水寺(きよみずでら)だよ」

克之はお祖母ちゃんのヘッドギアとリンクした自分のタブレットを見ながら答えた。

「あら、そうなの？　……あ、本当だ、この門、テレビで見覚えがあるわ！　素敵！　まるで目の前にあるみたい！」

そうお祖母ちゃんが言うのも当然だ。これは18Kの高解像度映像で作られた3DCG。風や匂いこそ感じないが、目に映る風景と音……こちらもハイレゾのフォロソニックサウンドだ……は実際のモノとの違いはほぼない。

「丹塗(にぬ)りの桜門だから、普通は『赤門』とも呼ばれてる、って聞いてたけど……本当に赤いのねえ。あの金網の中に仁王像(におうぞう)が入っているのかしら？」

「中も覗けるよ？」

克之が言うと、お祖母ちゃんはウキウキと歩き出した。石段を上がる……といってもすり足でもちゃんと移動するが、お祖母ちゃんは石段を足を上げてちゃんと登っていく。

それにちゃんと対応するのがこのＶＲの新しい所だ。

「まあまあ、まあ！　本当。大きな仁王像さんねえ！　すごいわねえ」

覗き込んではしゃいだ声を上げた。

「中が暗いわねえ、カッちゃん、少し明るく出来ない？」

「そんな無茶言わないでよ」

克之は苦笑したが、同時に（照明のコントロールが出来るようにする）というリクエストを頭の中に、いや、スマホのメモ帳に記録する。

何も知らないユーザーのご意見こそ、貴重だ。

「誰もいないのねえ……一人占めしてるみたいで気分いいわ」

クスクスとお祖母ちゃんは笑った。

克之は、タブレットの表示を見た。あと三十秒で「もう一人」が来る。

「お祖母ちゃん、ちょっと振り向いてくれる？」

「え？」

振り向いた祖母の視点が克之のタブレットに表示される。

「誰か来るよ」

「え？　怖いわ、それ、誰？」

「お婆ちゃんが知ってる人」

やがて、仁王門（におうもん）に通じる道を、ゆっくりとお婆ちゃんとは違う、スラリと背の高い老齢の女性が上がってくる。

「え……」

お婆ちゃんは首を傾げ、そして暫（しばら）く目を凝らすのが判った。

「喜代（かよ）ちゃん？」

背の高い老齢の女性はお祖母ちゃんと同い年ぐらいだ。

「あ……美ちゃん？」

「ええ、そうよ。梶原美子！」

二人は一瞬黙り込み、そして小走りに駆け寄って抱き合う。

もっとも、互いに抱きつく腕がするりと抜けてしまうのは仕方がない。

「ごめん、お祖母ちゃん。抱きつくことは出来ないんだ」

「え？　あ？　カッちゃんどういうことなの？」

「梶原さんは今、京都にいるんだ……実は、梶原さんの従兄弟が、うちのVR部門の出資者の一人で、お願いして梶原さんのお家に、今お祖母ちゃんが使ってるのとおなじVRを入れたんだよ」

「そうなの……じゃあ、さっきわたしを写真で撮ってたのは」

「うん、そうだよ。お祖母ちゃんの顔も向こうには見えてる」

「だから一張羅を着けてきて、と言ったのね？」

「そうだよ」

「ありがとう……カッちゃん」

「僕は暫く黙ってるから、二人で京都を歩いてきて」

克之はそう言って、微笑み、二人の会話をミュートした。

仁王門の側で二人は会話を交わし、そして歩き始めた。

祖母の声しか聞こえないが、ふたりは緑溢(あふ)れる山中を、仁王門を抜けて西門を過ぎ、三重塔を右手に鐘楼(しょうろう)、経堂(きょうどう)、開山堂(かいざんどう)、朝倉堂(あさくらどう)を過ぎて本堂に入った。

「まあ、ここが『清水の舞台から飛び降りる』の清水の舞台なのね！」

祖母は目を輝かせた。

「ええ、そう。若い頃は仕事ばかりで旅行と言えば東京、名古屋、大阪、福岡あたりを仕事がらみで移動するばかりで……知らない間に、美ちゃんが大変な事になってるなんて知らなくて……知った時には……ごめんなさいね、本当にごめんなさいね」

美ちゃんは、ゆっくりと首を振った。

気にすることはない、みたいなことを言ってるのだろう。祖母は「ありがとう、でもあれからどうしたの？」と訊ね、彼女の返事を頷きながら聞いていた。

無人のVRの清水寺の中で、年老いた二人の女性は、しみじみと語り合い、やがて、弾んだ声を上げて歩き始めた——実を言うと移動速度は若者並みだが、ふたりともその違和感は感じていない。

特に「美ちゃん」は車椅子なのに、それを感じさせない軽快な足取りをどうやら喜んでくれているようだ。

克之は、自分の仕事が誇らしくなった。

ふと、現実世界の祖母を見ると、VRのヘッドギアの隙間から光るものが溢れていた。

声をかけるべきか迷って、克之はそのままにしておいた——声をかければ二人きりでいる、というVRシステムの魔法が解ける。

普段は立ち入るのにも大変な清水寺の舞台の上を、二人の老女は楽しげに歩き回り、下を覗いて歓声を上げた。

ふたりは少女に戻って、踊るような足取りで清水寺を歩き尽くしていく。

これで少しは返せたかな？　――そんなことを克之は思い、まだまだと考え直した。

（もっともっと、楽しんでねお祖母ちゃん）

口に出さずにそう呟いた。

不味い大福売りの男

溝口智子

寒い中、二時間かけて社用車で京都の各務屋に行き、不味い大福を大量に受けとる。店主から「くれぐれもうちの名前は出さんといてや」と毒虫でも見たかのような顔で念押しされる。休憩する暇もなく取って返す。朝のミーティングで怒鳴られて夜八時まで大福の訪問販売。恐ろしく長い夜のミーティングが終わるのが十時。帰って気絶するように眠る。休みはこの三か月一度もない。

ブラック会社の社畜やってる間に、なにもかもどうでもよくなった。ただ不味い大福をさばいて、ノルマを達成して、怒鳴られないようにすることしか考えられない。いつのまに俺の人生はこんなことになったかと考える余裕もない。とにかくノルマをこなさなければ。そのことばかりが頭にこびりついている。

今日の仕事場は郊外の住宅地だ。もう少し行けば農業地帯になる。

「なに寝てるんだ！　とっとと不味い大福を売っ払ってこい！」

運転してきた上司に怒鳴られ、目を開けてのろのろと歩き、同僚たちとてんでに分かれる。どこに行っても同じだ。今や訪問販売なんて門前払い。インターホンで応答があればマシ。カメラだけ覗いて無視なんて家がざらにある。門を開けっぱなしの迂闊な家の隙をついて押し売りするしかない。嫌な顔をされ、怒鳴られ、警察を呼ぶと脅される。訪問販売を始めた頃は、傷ついてびくびくと謝りまくってた。でも人に嫌悪されることなんてすぐに慣れた。俺はどうせ押し売りしかできない、それだけの人間なんだ。

この道沿いは新築の戸建てが多い。門はきっちり閉められ、インターホンはカメラ付き。こういうところに突撃するのは時間の無駄だ。底冷えする道には話しかけるべき人影もない。仕方なく次の角で細い路地に入った。

すると突然町並みが変わった。古い長屋方式の住宅がずらりと並んでいる。しめた。思わずにやりと笑う。訪問販売にとって都合のいい条件が揃っている。門無し、インターホン無し、玄関のドアはすりガラス、その側には老人が押して歩くカートが置いてある。カモがわんさか住んでいる町だ。他の同僚にカモを取られないうちに、さっさと仕事に取り掛かることにした。

「こんにちはあ」

一番近い家の玄関先で声をかける。家の中には聞こえるが、隣家には聞こえにくいようにするのがコツだ。隣の家にも押し売りしないといけないのだから。

「はいはい」

婆さんが応えてカラカラと引き戸が開いた。鍵もかけてない、これはイケる。

「この辺りにお邪魔して美味しい和菓子をご紹介してるんですよお」

猫なで声で明るい作り笑い。八十間近に見える老婆は「はあ、和菓子」と不思議そうにする。発泡スチロールの蓋を開けて中身が見えるように差し出す。

「京都の美味しい和菓子なんですけど、この辺りでは手に入らないんですよお」

まっ赤な嘘だ。各務屋の大福はスーパーで簡単に手に入る。それもこんな粗悪品じゃなくて、普通以上に美味いやつが。

「そう。いくら？」

いきなり値段を聞くのは好悪どちらに転ぶかわからない。駆け引きが必要な質問だ。笑顔をさらに輝かせ、誠実に見えるように軽く前傾姿勢を取る。

「三つで五百円です」

老婆はぱちぱちと瞬きして「高いねえ」と発泡スチロールの中を覗きこむ。

「そのぶん大きいですし、なんと言っても美味しいんですよ、この大福。人気があって、何度も買ってくださるお客様もいるんです」

これも嘘だ。一度行った家には二度と行かない。こいつは一度食べたら二度とは食べたくない酷（ひど）い味なのだ。再訪したら文句を言われること請け合いだ。

「買ってみるかねえ」

「ありがとうございますう」

売れても喜び過ぎないようにしないと売れ行きが悪い商品だとバレる。老婆にパックを渡して五百円を受けとり、家の中に入るのをしっかり確認してから隣家へ移動する。老婆がまだ外にいるのに隣家の住人が出てきたら、おすそ分けすると言い出すことがある。せっかくの五百円が台無しになってしまう。

そうやって隣へ隣へと移動すると大福は信じられないほどの早さで捌けた。一人で六パック買う老人もいた。全て売り切れるまで二時間とかからない。追加を取りに車まで走る。急がないと、せっかく見つけた別天地が荒らされてしまう。車の中でスマホをいじっていた上司が戻りが早いと驚いているのを尻目に、あの路地へ戻る。

ノルマの五箱を売り切ったのは、まだ夕方早く。いつもなら通勤やら通学やらで歩いている人を捕まえようと苦心するが、今日はもういい。空の箱をぶらぶら揺らし路地を出て社用車と反対の方角へ歩く。しばらく行くと、大きな公園があった。とりあえず座って時間を潰そうと、公園内のグラウンドでサッカーボールを蹴っている子どもたちを横目に、ベンチに腰かけて一息吐いた。

ぼんやりと子どもたちを見やる。あいつらも、いつか不味い大福を抱えて走り回るんだろうか。この不況が延々と続けば、そうなる日も遠くないだろう。子どもたちの未来に自分の薄汚い影を見ているような暗澹たる気分になった。

「大福屋さーん」

振りかえると公園の隣の建物の窓が開いていて、老婆が手を振っていた。

「大福屋さん、ちょっと来て」

最初に売りつけた老婆だ。しまった、見つかった。おいでおいでと手招きしている。大福が不味いと文句を言われるぞ。よく見ると俺が大福を売りつけた老人たちが顔を揃えていた。公民館らしい建物にのろのろ近づく。怒鳴られても精神を削られぬように、老人たちから目を逸らし地面を見ながら歩いていく。

「中に入んなさいよ」

窓から顔を出した老婆の声は不愛想だ。中に入ったら詐欺罪かなにかで警察に通報されるだろうか。それとも大福を返品すると言われるとか？

「ほら。入口、あっちだから」

逃げられない。文句を言われるだろうに、そう思ったのは、まだかすかに残っている仕事への責任感のせいだったろうか。公民館の入口に回って靴を脱いでいると老婆がやってきて、公園側の窓のある部屋まで連れていかれた。

「こんな寒い日に外の仕事なんか、するもんじゃないね」

「はあ」

適当に相槌を打ちながら顔に出さないように気を付けたが、心中ではこれからのことを恐れていた。罵倒されることには慣れている。だが慣れても心は荒む。そうならないためには、投げやりに聞き流すのが一番だ。へらへらと薄笑いを浮かべて部屋に入る。しばらく待ったが、怒号なんか飛んでこない。険悪な雰囲気もない。そっと顔を上げた。部屋の中央に長机が四台揃えてあり、その周りに老人たちがパイプ椅子を置いて座っている。机の上には大量の不味い大福。なぜかみんな愛想良く笑っている。お茶を淹れながら老爺が言う。

「お疲れ様。お茶飲んで行きなよ。体が冷えてるだろう」

「ほら、座って座って。歩く仕事でしょ、足を休めて」

イスも茶も勧められ、老人たちの笑顔を見回す。まだ大福を食べていないから怒りが湧いていないのかと見ると、すでにパックはいくつも開けられていた。

「いやあ、今日は笑ったよ」

お茶を淹れてくれた老爺が言う。

「俺、三パックも買っただろ。茶話会用のお菓子にと思ってさ。そしたら、みんな同じこと考えてて、大福が山になってさ」

隣に座っている老婆が笑う。

「和代(かずよ)さんなんか、六パックも買ったって」

和代と呼ばれた老婆が笑って答える。

「だって一人一つじゃ足りないでしょ。大福屋さんも、食べるの手伝ってよ」

和代が、まだ開いていないパックを寄越した。ずいずいと押し付けられて仕方なく受け取る。

「よし、じゃあみんな、もうちょっと頑張ってみようか」

それぞれの茶碗に緑茶が足され、皆、大福を手に取った。

「それじゃあ、大福で乾杯だ」

立ち上がった老爺が大福を高々と掲げる。

「かんぱーい」

明るい声で唱和して、老人たちは大福に齧りついた。和代が大福を頬張りつつ、俺も食べるようにとしきりに勧める。仕方なく嫌々ながら口に入れた。硬すぎる餅、砂糖がザリザリする黒餡、嚙めば嚙むほど泣きたくなる不味さだ。

砂糖を思いきり入れてあるのは、質の悪い小豆を使っていて臭いせいだと同僚から聞いたことがある。初めて食べたが、砂糖をいくら入れても臭いものは臭い。こんなものを、老人たちはなぜ笑顔で食べられるのだろう。

不思議に思っていると、和代が大福を飲み込んで語りだした。

「私たちが子どもの頃、甘いものなんか滅多に食べられなかったのよ。戦争が終わってすぐだったから。砂糖は高級品で、サッカリンなんていう甘味料が出回ったりしたのよね。でも体に悪いって、それもろくに食べさせてもらえなかった。今日は来てくれてありがとうね」

新しい大福に手を伸ばしながら俺に微笑みかける。嘘だろ、こんな大福でお礼を言われるなんて。呆然(ぼうぜん)としていると、隣の席の老婆が話しかけてきた。

「甘いものを腹いっぱい食べたいってのが子どものころの夢だった。今はいい時代だよ」

両手に一つずつ大福を握っている老婆が言う。

「そんなことないよ。少ない年金で、やっとこ生活してさ。夢もなにもない」

「だから月に一度だけ集まってお菓子を食べるのよ。みんなでお金を出し合って甘いものをね。でもこの大福、ちょっと甘すぎるわ。歯に沁(し)みるくらい」

ぎくりと体が固まる。クレームがとうとう来た。俺の鼓動は速くなっていく。

「京都の和菓子屋さんのものにしたら品がない味だよな」

老爺の言葉に対して和代が言う。

「きっと、なにかあったのよ。だって、いつもは美味しいんでしょ、大福」

その目を真っ直ぐに見られなかった。だがなにか言わなければ。

「今日は和菓子屋の店主は、あの。体調、悪そうでした……」

切れ切れに言い訳しながら、俺は俯き、老人たちの視線から目を逸らした。

「明日は体調がよくなるかしら。美味しくなってるかしら」

「えっと、あの、後で聞いてみます」

それからのことはよく覚えていない。しどろもどろで公民館から逃げ出した時には俺の腹は不味い大福でいっぱいだった。全力で走り公民館から遠ざかる。もうあそこには行けない。美味い大福だなんて嘘をついて酷い商品を売りつけて。あんなに楽しそうに笑う人たちをこれ以上裏切りたくない。いつの間にか社用車が見えるところにいた。不味い大福はまだたっぷりある。訪問販売が許可されている制限時間の午後八時まで車は待機だ。運転席の窓をノックするとスマホをいじっていた上司が驚いて顔を上げた。窓を開けて機嫌よさげに笑う。

「なんだ、もうノルマ分を売り切ったのか。大活躍じゃないか。まだまだあるから売ってこいよ。金一封がでるぞ」

「もう売りません」

上司の眉間に不機嫌そうな縦ジワが刻まれた。

「仕事をナメるなよ。ノルマだけ売り切ればいいなんていう考え方だから、お前らはいつまでたっても地べたを這いずり回ってるんだよ」

「あとの大福は、俺が買います」

「はあ？」

「こんなまずい大福、他人に食べさせたくありません」

上司はなにか気まずそうな表情だったが、俺が買い取ることについて文句はないようだった。

携帯で同僚たちを呼び戻し、会社に戻った。エンジン音が聞こえたのか、社長が表まで出てきて慌てた様子で話しかける。

「こんなに早く帰ってくるなんて、なにかあったのか。警察を呼ばれたか」

上司は、やはり気まずそうに社長から目を逸らすと、俺を指差した。

「あいつが今日の分、残りぜんぶ買い取るそうです」

社長はぽかんと口を開いた。

「なに言ってるんだ、おまえ。こんな大福買い取って、なにするつもりだ」

「各務屋の店主に、美味い大福を作ってもらいます」

事情が飲み込めたようで、社長は顔を歪めて醜い笑い顔を見せた。

「あの店主が美味いものなんか寄越すわけがない」

「説得します」

社長は俺を嘲笑って野良犬を追い払うような仕草で手を振った。

「まあ、好きにしろ。社用車で行くなら、ガソリン代とレンタル代は支払えよ」

ぶすっとした社長、不機嫌な上司、関心なさげな同僚。それらに背を向けて俺は京都へ向かった。

各務屋についた時には、とうに店は閉まっていた。店の灯りは消えていたが、建物を回り込んだ奥の厨房にはまだ灯りがついている。明日の仕込みをしているのだろう。今ならまだ止められる。裏木戸をどんどん叩いて大声で叫ぶ。

「店長さん、開けてください！　お願いがあるんです！　店長さん！」

すぐにガラリと音をたてて戸が開いた。俺の顔を見た店主は驚き、目を見開いたが、すぐにいつもの仏頂面に戻った。

「こんな時間に、あんた。大福を早く寄越せ言うても、出来しませんよ」

「違うんです。お願いがあって来ました。美味い大福を作ってください」

「まさか、いつものやつの代わりにて言うてはるんやないやろな」

俺は膝を突いて「お願いします」と土下座した。

「各務屋のお菓子と胸を張って言える美味いものを作りたくないんですか。大福が不味いと言われて店長さんは悔しくないんですか」

店主は怒った様子で、冷たい声で言う。

「お宅の社長に脅されて仕方なく作ってるのんや、うちは。社長に騙されて出来た借金の利子がわりで。材料をケチったあの大福でも赤字になるていうのに」

「美味い大福を食べさせたい人たちがいるんです。社会のせいで食いたいものも食えなかったのに、人に優しくて。俺はあの人たちを、もう騙したくない」

涙がぼろぼろ零(こぼ)れて水たまりになっていく。店主の重い溜め息が聞こえた。

「一度だけ作ってみまひょか。それで、ようさん売れたら社長に談判して、なんとかお代を払うてくれるように掛け合ってみよ」

俺は何度も何度も頭を下げた。絶対に社長を説得する。そのためだったら走り回って、何パックでも売ってやる。この仕事だけは最後まで投げ出さない。

翌日、同僚たちは大福を味見してから仕事に向かい、いつもより早く社に戻った。彼らは皆、どこか誇らしげだ。「京都の美味しい大福」胸を張って、そう言えたのだと。社員の明るい表情を見た社長が目を丸くしている。

きっと俺たちは、変わっていける。みんなの気持ちを変えることができる。

俺は明日、あの路地へ、心から美味しいと言える大福を売りに行く。

思い出は本棚の中

杉背よい

私、小森草一という人間は、口数が多いほうではないと自覚している。

それでも妻の渚が闘病の末に若くして亡くなったときはずいぶんショックを受けた。心の中では涙を流していても、現実ではうまく泣けなかった。あまりにも呆然としすぎて妻の死を受け入れられなかったということももちろんある。しかし、残された幼い娘、湊のことを思うと、彼女を育てることで手一杯でもあった。湊は私以上にショックを受けているはずで、彼女を守るのに必死だった。

「お父さん、今度大学のゼミで旅行に行くんだ。京都に文学散歩でね」

リビングで紅茶を飲みながらそう言った娘の湊は、文学部に通う女子大生になっていた。私は改めて感慨深く湊を見つめる。妻が亡くなってから七年、無我夢中で過ごした。本を愛し、「雪森渚」というペンネームで小説家として活動していた妻の影響を受けて、湊も自然に文学部へ進む道を選んだ。生物学一筋に過ごし、研究者になった私の影響はあまり受けなかったようだ、と思うと寂しくもあるが、渚の意志を継いでくれるような湊の姿勢は嬉しくもあった。

「京都か、いいね。楽しんで来なさい」

私が声をかけると、湊は嬉しそうに頷いた。「お土産買ってくるね」と笑う湊が出会った頃の渚と重なり、私は思わず目を細めた。

自分の部屋に戻った私は、本棚で埃を被っていた一冊の本を手に取った。「思い出」と書かれたその冊子をめくると、懐かしい字が目に飛び込んでくる。様々な手書き文字が並ぶ無地の表紙の文集である。

「修学旅行　結城渚」私は導かれるようにそのページばかりを開いてしまう。

「京都には前から行きたかった本屋さんがあって、私はそこでたくさんの本に巡り合った。京都のお寺は見られなかったし、お土産も買えなかった。でも私は嬉しさで胸がいっぱいだった。さよなら京都、また来るね。今度は本屋さんの後にお寺や神社も回りたい。大切な友達と一緒に」

妙に四角張った、主張を感じさせる渚の字と、修学旅行の思い出とは程遠いマイペースな内容に私は笑ってしまった。観光もしていないのに「京都は楽しかった」と書くあたりが渚らしい、とつくづく思う。

渚は中学は同じだったがクラスが違い、目立つ雰囲気の女子でもなかったし、私は修学旅行で出会うまで彼女を知らなかった。もっとも私は動物の生態の本を読むのに夢中で女子と気軽に話せるような男子生徒ではなかったのだが。

修学旅行で京都に行くに当たり、私は私で気を揉んでいた。班行動で行きたい京都のお寺や神社、お土産屋さんなどを班のメンバーたちと話し合っている最中に私は「どうにかして博物館に立ち寄れないものか」と思っていた。

修学旅行当日、私は班のメンバーに頼み込み、四十分でいいからと、皆が立ち寄るお寺近くの博物館に行かせてもらう算段をつけた。今考えればよく先生に見つかって怒られなかったものだ。

私はこっそり班のメンバーと別れ、博物館を駆け足で回った。短時間だが満足して出てくると、同じ中学の制服を着た女子が大きなリュックを背負って博物館入口の敷地内で休んでいた。その女子が渚だった。

「え？」

同じような人がいる。私は咄嗟にそう思った。渚は私と目が合うと、「しまった」という顔になった後、屈託のない調子でニッと笑った。

「君も同じ中学だよね。お互い秘密ってことで、公平を期すために私の秘密も教えるね」

そう言うと渚はリュックを開いて見せた。中には本がパンパンに詰まっていた。

「そんなに入れて、重くない？」

私が尋ねると渚は「ぜーんぜん！」と笑い飛ばした。

「これ、私には宝物なの。京都はね、ずっと行きたかった古本屋さんがあったから一年かけてお小遣い貯めて、欲しい本のリストも作って、修学旅行で行けるのをすごく楽しみにしてたんだ」

修学旅行の目的はそれなのかと思いつつ、そこの古本屋は幻想文学系が特に充実していると目を輝かせて話す渚が、私にはとても眩しく見えた。

「君は博物館が好きなんだね？」

渚に尋ねられて私も熱く語り始め、ふと気付くととうに班のメンバーと約束していた時間を過ぎていることに気付いた。

「もう戻らなきゃ！」

「私もだ」

私と渚はクラスと名前を伝え合った。そして「何もお土産が買えなかった」と笑っていた渚に、私は記念のつもりで一つだけ買ったキーホルダーを渡した。

「これ、あげるよ」

渚は心底驚いた顔をした後、満面の笑みを浮かべて頭を下げた。

「ありがとう！　私、これ一生大事にするよ」

「大げさだな」

私は笑ったが、渚が予想以上に喜んでくれたこと、そして「一生」という言葉を使ってくれたことに照れてしまった。私たちはそこで別れ、それぞれの班に戻ったが、修学旅行の後に渚からキーホルダーのお礼に本をもらい、それから友達として数年過ごし、交際を経て結婚した。

中学生の渚が書いた「修学旅行」の文章は次のように締めくくられている。

「私は好き勝手に生きていくタイプなので将来のことはわからないけれど、もし私に家族ができたら一緒に京都に行きたいと思った。今度こそ家族と一緒に京都の景色を味わいたいのだ」

私は少々しんみりした気持ちになる。渚の願いは結局、叶(かな)うことはなかったからだ。

晩年の渚は、湊に病気を悟らせまいと気丈に振舞っていた。病院に通うことが増えたが、「洋裁教室に通っているのだ」と話を合わせるように頼まれた。毎晩、湊が眠ると渚はベッドに倒れ込んだ。私は渚の想いは十分に理解できたが、明らかに消耗していく彼女を見ているのが辛かった。

ある夜、渚は部屋の隅に置かれたチェストを指さして言った。

「下から二番目の引き出し、開けてみてくれる」

渚はもう自力で歩く気力すらないようだった。私は動揺しながらもチェストを開ける。するとそこには、私が修学旅行で渚に渡したキーホルダーが入っていた。「京都」という文字の入った、昔風のデザイン。ところどころ塗料が剝がれてはいるが、大切に持っていたことがわかった。

「これ、まだ持ってたのか」

わざとぶっきらぼうに手渡すと、渚は微笑み、手に取って眺めてからもう一度私に差し出した。

「いつか、湊にあげてくれないかな」

渚は神妙な顔をしていた。私は顔には出さなかったが不安でいっぱいになった。何故今そんなことを言うんだろう？　病気が良くなって、自分で湊に渡せばいいじゃないか——私の頭の中では様々な思いが巡った。

言葉を返せずにいる私を、渚は慈しむような目で見つめた。私はその目を見ただけで、彼女の決心を悟った。

「今はまだ、その時期じゃないと思うの。湊がいろいろな物を見て、経験して、あなたがあげたいと思ったときに渡して」

渚は明るい声で言った。逆に私の声は縋るように響いた。

「渚が持っていて、好きなときに渡せばいいじゃないか」

しかし渚は頑なに首を縦に振らず、私は自分がこのキーホルダーを受け取ったら物事が悪い方に進むような気がして、結局元のチェストの引き出しに戻した。

「お願いしたからね！」

いたずらっぽく笑うと、渚はそのまま目を閉じた。彼女が静かな寝息を立てていることに安堵した。しかしその日を境に、渚の病気はどんどん悪くなっていき、わずかひと月ほどで私と湊を残して旅立ってしまったのだった。

私はチェストの引き出しからキーホルダーを取り出し、手のひらで弄んだ。

するとまったくの不意打ちで涙が流れてきた。

——今じゃないだろう。もっと大きな悲しみが、私を押しつぶすほどの悲しみがあったのに、それを乗り越えてきたじゃないか。

感傷に浸っていたその時、ドアをノックする音が聞こえた。私は慌てて手のひらで涙を拭う。

「お父さん、入ってもいい？」

湊の声に私は平静を装い、「どうぞ」と気取った声で答えた。少し戸惑いがちに湊が私の書斎に入ってきた。

湊は緊張した面持ちで私のそばに歩み寄ると、「あの、わざわざ言うほどのことじゃないかもしれないけど」と前置きした。

「うん？」

私は湊の思惑が読めずに聞き返す。

「私も、小説を書いてみようと思って……こんなこと宣言するの、恥ずかしいんだけど」

はにかむように、しかし希望に満ちた表情で湊が言う。この顔はどこかで見たことがある――記憶を手繰り寄せながら、私は同じような言葉を渚から聞いたことを思い出した。

「私、小説を書いてみたいんだ」

君なら書けるよ、と私は渚に伝えた。同じように湊にも伝えようとして、キーホルダーの存在に思い当たった。

――そうか、今なのかもしれない。

私はキーホルダーを取り出して、湊に渡した。古ぼけたキーホルダーを手にした湊はきょとんとしていたので、私は渚がこれを手に入れた経緯、二人の出会いを初めて話した。修学旅行の文集を見せると、湊は食い入るように渚の文章を読んだ。

「……そうかあ。まだ読んでないお母さんの文章って、あったんだ」

「え？」

いとおしそうに湊は文集を抱きしめ、言葉を続ける。

「私ね、お母さんが書いた小説や手紙も全部読んじゃって、もう新しく読めるものは何もないと思ってたんだ。でも、お父さんの本棚にはまだ読んだことがない昔のお母さんの思い出が残ってるんだね」

湊は文集のページをめくりながら、何度も渚の文章を目で追っていた。

「私、最初はお母さんの面影を追いたくて『雪森渚』の小説を読んでたの。だけど途中から純粋に作家として好きだな、尊敬しちゃうな、って思うようになって……だんだん自分でもお母さんとは違う、私だけの物語を書いてみたくなったんだ」

「そうか……」

頷きながら、私は湊がそこへ行きついたのは当然だと思った。私は幸運だ。渚と湊、二人の作家が生まれるところを見届けることができるのだから――。

「京都に行ったら、何かテーマを思いつくような気がしてたんだけど、お父さんとお母さんの出会った特別な場所だからやっぱり間違いないね。私、いっぱい素敵なところにいって、イメージを蓄えてくるね！」

湊は張り切っていた。キーホルダーは「お守りにする」と大切に持ち去った。

「明日の朝早く出発するから、見送りはいいからね」

「早くても大丈夫だ。どうせ目が覚めるだろうし……」

言いかけた私の言葉を湊は笑って遮る。

「お父さん、いつも起きてこないじゃない。じゃあ、おやすみなさい。次会えるのは旅の後だから」

湊は軽やかに言い終えて、部屋を出て行ってしまった。

――本当に母娘(おやこ)は似てくるものなんだな。

私はくすぐったいような気持ちで、その夜ベッドに横になった。何だか肩の荷が下りたような気がしていた。

――湊はあんなこと言ってたが、明日の朝、見送りはしよう。

そう考えて、目を閉じたところまでは覚えている。

「お父さん！　お父さん！」

次の瞬間、私は湊に体を揺さぶられていた。「な、何だ？」寝ぼけ眼(まなこ)で体を起こすと、湊がベッドの脇に立っていた。すっかり出かける支度を整えている。

「……もう朝か？」

湊はバツの悪そうな顔をしている。私はわけがわからなかった。

「ごめん、昨日カッコつけてあんな宣言しちゃったから、お父さんが寝ているうちにこっそり出て行こうと思ってたんだけど、これ、気付いちゃったから」

湊は昨夜渡したキーホルダーを私の目の前に差し出した。

「お父さん、きっと気付いていないと思って」

ため息をつく湊に、私は「わかるように説明してくれ」と懇願した。湊はやれやれと言いたげな顔で、キーホルダーの側面を見せる。

「このキーホルダー、ロケットになってるのに気付いてた?」

「ロケット? 何?」

私は相変わらずわけがわかっていない。湊はキーホルダーの留め金に手をかける。パカッと真っ二つにキーホルダーが割れた。そんな凝った仕掛けになっていたことを知らなかった私は大いに驚いた。

「ここに、小っちゃいけど家族の写真とか入れられるようになってるんだよ」

「ほお……」

いい年をした父親が、娘に教えてもらいながら幼い頃以来の近い距離で小さなキーホルダーを確かめている。こういう形を「ロケット」と呼ぶらしい。

「でね、中にこんなものが」

湊は一瞬、泣きそうな顔をした。しかしすぐに気丈な表情に戻って私に小さな紙片を渡す。小さく折りたたまれたそれ開くと、見覚えのある四角張った字が並んでいた。何しろ小さな紙なので、小さな字で書かれていた。その内容に私は目を見張った。

「湊へ、京都はお母さんが大好きな場所です。楽しんできてね。草一さん、約束を守ってくれてありがとう」

湊はきっと昨夜これを見つけて泣いたのだろう。そして今朝は明るい顔で私を起こしに来たのだろう。

「お母さんって、どれだけ私のことわかってるの？　ひょっとしてエスパーだったとか？」

そうかもしれないな、と私は笑った。しかしまた涙がふいに出そうで慌てて誤魔化した。湊は嬉しそうにキーホルダーをしまうと、颯爽(さっそう)と私の部屋を出て行った。湊の目にはもう、京都の風景が見えているのかもしれない。そしてその先には、彼女だけの物語が続いているに違いない。

サエコとシノブ

桔梗楓

東京の、とある美術大学には、毎年春にたくさんの際立つ個性と、みずみずしい才能、そしてキラキラ光る夢を持った学生たちが入学する。

城井紗子もまた、そんな新入生のひとりだった。

選んだ学部は、工芸科。入学して最初の授業はオリエンテーションで、学生たちがグループを作り、自己紹介を兼ねたディスカッションに興じていた。

議題は『日本における彫金技術の発達について』。

講師より渡されたレポートを読みながら、それぞれ主張をぶつけ合う。

「技術の発達に注目するなら、やっぱり江戸時代よ。あらゆる文化が江戸時代で開花したといっても過言じゃないし」

グループの中で一番目立っていたのは、はきはきしたしゃべり方が特徴的な女子学生だった。リーダー気質が強そうで、周りに頼られそうなタイプだ。グループのほとんどの学生が、彼女の意見に賛同する――しかし。

「何言うてはるの。江戸時代の文化は昔からあった技術をうまい具合に応用したに過ぎひん。彫金の歴史知ってはる？　古墳時代後期と言われてるねんで。そんな昔からある技術が、なんで遥(はる)か先の江戸時代でようやく発達するねん」

淡々として、冷ややかな声がする。

持論を展開していた女子学生がむっとした顔をした。

「あなた誰だっけ」

「望月(もちづき)しのぶや」

「ふぅん、望月さん。関西弁だけど、どこから来たの？」

その質問に、しのぶは無表情で答えた。

「京都(きょうと)や」

すると、グループが軽くざわついた。

「へ～、いいところから来たんだな」

「俺、修学旅行で行ったぞ。このへんで育ったヤツは大体一度は修学旅行で行くんじゃないか？」

皆が一様にはしゃぎ出す。紗子も口には出さなかったが、なんとなく「京都出身なんだ」と感心した。

「住んでるもんとしては、別にええところでもないけどね。修学旅行シーズンは交通ルール無視する学生が増えて鬱陶しいし」

ツンとしたすまし顔でそんなことを言うものだから、あたりはシンと静まってしまう。すると先ほどの女子学生が笑った。

「そういえば思い出したんだけど。京都の人って『いけず』らしいね。陰険なんだって。言い方が回りくどいっていうか『出て行け』って言えばいいところを、『ぶぶ漬けを食べなはれ』って言うんでしょ？」

「それ、聞いたことある。ぶぶ漬け自体は知らないけど～」

他の学生がおもしろがって話に乗っかった。紗子はさすがに嫌な気持ちを覚えて「そういうの、やめようよ」とたしなめる。

だが、当のしのぶは涼しい顔して鼻で嗤った。

「そのとおり。うちは陰険ないけずやねん。せやから、今後も『京都ネタ』でうちをイジるつもりなら、相応の嫌がらせするさかい、覚えときや」

さらに勝ち気な笑みを浮かべた。女子学生はぐっと悔しそうな顔をしたあと、フンと横を向く。

「都合が悪くなったらそっぽを向くとか、しぐさが可愛らしいわあ。どこの幼稚園から来はったんやろうね〜ふふ」

(う、うわあ……すごい嫌味)

グループの雰囲気が氷のように冷たくなって、紗子はぶるぶると震えてしまった。皆も軽口を叩くのをやめ、怖いものを見るような目でしのぶを見た。

もしやイジメになってしまうのでは、と思って恐々とした自分が馬鹿らしくなるくらい、しのぶははっきりした性格をしていて、他人の悪意を言い返す度胸もあるらしい。

(ちょっと怖いけど……でも、憧れちゃうな)

そういう気の強さを持たない紗子は、内心しのぶを羨ましく思った。

その日を境に、多くの学生がしのぶを『なんとなくおっかないから近づかないようにしよう』と言い合って遠巻きにし始めたのだが、逆に紗子はどんどん積極的にしのぶに話しかけた。

最初の頃のしのぶは「うちに構うても得はあらへんよ」などと言って相手にしなかったのだが、しつこく話しかける紗子に折れたのか、「物好きやねえ」と言いつつも、笑顔を見せてくれるようになった。

夢は彫金師になること。紗子もしのぶも同じ夢を抱いていた。

いつか自分のブランドを立ち上げて、たくさんの人を美しく飾るアクセサリーを作りたい。戯れに、ふたりだけのブランド名を考えたり、コンセプトを話し合ったりするのはとても楽しい時間だった。

おっとりした紗子に比べて、しのぶはしっかり者。時々失敗する紗子に「しっかりしいや」と冷たい態度を取りながら、陰でしっかりフォローしてくれる。分かりづらいけど、しのぶは優しかった。そんな彼女が好きだった。

夢は遠く、計り知れないほど大きいけれど、未来に向かって懸命に努力を積み重ねる。学ぶべきことを学び、磨くべき腕を磨いて、新たなデザインを考えては図面を起こして、作品を作り上げた。

充実した毎日。ふたりは唯一無二の親友であり、よきライバルだった。きっとこの友情は大学を卒業してもずっと続くのだと信じられる。――そんな関係に終止符を打つ日が来るなんて、紗子は想像もしていなかった。

それは大学三年の、夏。

なんの前触れもなく、唐突に、しのぶが「大学辞めるわ」と言い出した。

まるで天気の話をするかのような、あっけらかんとした口調に、紗子の脳は理解が追いつかない。

「な、なんで？」

「オトンが死んでもうてん。せやから京都に戻らなあかん」

そう言いながら、しのぶは大学に置いたままだった私物をてきぱき鞄（かばん）に詰めた。教科書、参考書、彫刻道具、エトセトラ。

「昨日までの三日間、うち大学休んだやろ。通夜と葬式やっててん。退学届は今日提出したわ」

「ま、待ってよ。お父さんが亡くなったのはわかったけど、どうしてそんなに急ぐ必要があるの？」

「うちの実家、板金工場なんよ。今まではオトンとオカンと弟でやってたけど、オトンが死んだらさすがにオカンと弟のふたりだけでは工場回せへん。せやからうちも戻って手伝うんや」

紗子はなんと言えばいいか分からなかった。父親を亡くして可哀想だ。大変になるね。メールで連絡しよう。工場が落ち着いたら戻ってこれるよね？

どんな言葉も、この場にはそぐわない気がした。

紗子が俯(うつむ)くと、しのぶが呆(あき)れたようなため息をつく。

「なに辛そうな顔してんの。ライバルが減ったんやから、喜ぶところやろ」

「なっ、何言ってるのよ！　そんなこと、できるわけないでしょ！」

「そっちこそ何言うてはるの。デザイナーは、悠長に仲良しごっこして、夢が叶(かな)う世界やないのはよく分かってるやろ」

淡々と、氷のように。しのぶは無表情で言い放った。

「彫金デザイナーは一握りの人間しかなれへん。椅子の数は限られてるんや。うちがいなくなるくらいでメソメソしてたら、あっという間に他のもんに取られるで。それでええの？　あんたの夢はその程度なん？」

紗子は、言葉が口に出せない。正論という名の刃で身を斬られて、わなわなと体が震えた。

「ちなみに、うちは紗子のことなんかすぐに忘れるで。きっと仕事が忙しくて、過去のこと思い出す暇なんかないやろうしな」

まるで紗子をバカにするように、鼻で嗤う。

パキンと音を立てて、大切なものが壊れた気がした。

(しのぶにとって私は、その程度の存在だったんだ)

親友だと思っていたのは、自分だけだったのだ。急激に熱が冷めたような感覚になり、紗子は感情のこもらない声で「あっそう」と言う。

ふたりは、さようならも言わずに別れて、それきりになった。

——結局、その程度の友情だったのだろう。

京都の人は『いけず』。あれも案外間違った認識ではないのかもしれない。

紗子はしのぶを忘れようとした。努力を重ね、あらゆる感性を磨き続けた。

しのぶ以外の友達もたくさんできた。みんな、温かくて優しい人ばかりだ。

でも、それなのに、どうしてか頭の隅では常にしのぶを想ってしまう。

あの人は元気だろうか。京都で頑張っているのだろうか。

……もしかしてあの冷たい言葉は、優しさの裏返しだったのではないか。

だってあの言葉があったから、紗子はしのぶのことより目の前の勉学に励むことができた。余計なことを考えずに済んだ。前に突き進んで、意地になったように頑張れた。全て、ぶっきらぼうにしのぶが背中を押してくれたからだ。

それに、なにより――。

二十年の下積みを経て、妙子は夢を叶えることができたのだから。


季節は春。桜が麗しく、雅(みや)びやかに花びらが舞い散る頃。

紗子は観光客でごった返す京都の地に降りたった。

「えっと、確か、バスに乗るんだよね」

あらかじめ調べておいたルートを思い出しつつ、バスの停留所に向かう。

しのぶが学生の頃、一度だけ実家から暑中見舞いを送ってきたことがあったのだ。紗子はそれを大事に保管していた。一時は破いて捨てようと思ったこともあったが、やっぱりできなかった。

観光地から少し離れた京都は、どこか下町の趣がある。地図を頼りに歩いていると、やがて大きな工場が見えてきた。

紗子が近づくと、ちょうど外で作業している人がいた。それは後ろ姿で、妙子と同じくらいに年を取った中年の女性だった。

「しのぶ？」

勇気を出して声をかけると、その人は驚いたように肩を揺らして、振り向く。

「――紗子？」

お互い年を取ってしまったけれど、その顔には若い頃の面影があった。妙子はたまらなくなって走り出し、そのままましのぶに抱きついてしまう。

「わあっ、いきなり何しはるの！　びっくりするやん！」

「しのぶだ。しのぶだ～！　本当に久しぶり～！」

ぐすぐすと涙声で言うと、しのぶは困ったように笑う。

「ほんまに久しぶりやね。ブランドの立ち上げおめでとう。テレビで見たで」

「うん、ありがとう。しのぶなら知ってくれていると思っていたよ」

一度は壊れたと思った大切なもの。

でもそれは、紗子が勝手にそう思い込んでいただけだった。しのぶは言葉が足りない時もあるけれど、決して意地悪ではない。そんなの——初めて会った日からわかっていたはずなのに。

若かった。未熟だった。考えが足りなかった。

……でも、忘れないでよかった。こうやってまた会うことができたのだから。

「それにしても、何年ぶりやろ？　ここがようわかったな」

「二十年だよ。昔、暑中見舞い送ってくれたことあったでしょ」

「そんなに前！　は〜、ようそんなん、未だに後生大事に持ってはったねえ」

物好きやなあと、しのぶが感心したように言う。その態度も本当に変わっていなくて、紗子はくすくす笑った。

「私、物持ちがいいのよ。それにしても大きい工場だね。悪いけど、もっとちっちゃい工場なのかなって思ってたよ」

「あんたなかなか言うようになったやん。うちが工場継いだ頃はちっさい工場やったけど、頑張って大きくしたんよ。おかげですっかり婚期逃したけどな」

やれやれ、としのぶは腰に手を当てて首を横に振った。

「それは私も同じよ。仕事ばかりしてたら、男が寄りつかなくなっちゃった」

困ったものよね、と額に手を当ててため息をつく。

ふたりは同時に目を合わせると「ふふふっ」と笑った。

「なんや、ふたり揃って男日照りかいな。なっさけな〜」

「ほんとだよね〜。別に寂しくないけど！」

「強がりに聞こえるで。そうや！　ブランド名見た時、わろたで。あれ、うちらで学生時代に考えた名前やろ？　著作権で訴えたろかなって思ったわ」

「あはは っ！　勝手に使ってごめんね。でもあれ以外思いつかなかったの」

そう言って、紗子は鞄からリングケースを取り出した。

「これ、私がブランドを作って最初に彫った一号作なの。貰ってちょうだい」

リングケースを受け取ったしのぶは、それをぱかりと開いてため息をつく。

「うちの手は、もうボロボロやで。こんなん似合うわけないやん」

長年板金工場で働いてきたしのぶの手は、すっかり職人のもの。指の節々が目立ち、怪我も多いのか、爪の色が変わっていた。

しかし紗子はにっこり笑う。

「知ってる。これは、『今』の紗子に似合うように作ったの。……そう気持ちを込めて彫ったの。だから、嵌めてみてほしい」

彼女の働き先なんて二十年前から知っている。だからずっと頭の隅で考えていたのだ。働く女性に一番似合うアクセサリーを。親友を輝かせるものを。

「あなたの手はとても綺麗だよ。私の夢を叶えさせてくれてありがとう」

ずっと言いたかったお礼を口にすると、しのぶはゆっくりとケースから指輪を取り出し、人差し指に嵌めた。

指輪の台座に細かく彫られた幾何学模様。控えめに輝くサファイア。

しのぶはその手をぎゅっと握りしめると、少し呆れたように唇を尖らせる。

「全く。どうせ指輪貰うんやったら、とびきりのええ男からがよかったわ」

「それは言わない約束～！」

「ふふ、まあおおきにな。お茶でも飲んでいったら？　あ、ぶぶ漬けやないよ？」

皮肉げに笑う。そういうところは相変わらずだ。でも、その顔は嬉しそうに微笑んでいた。

京都人は『いけず』だという。でも、そのいけずの裏に、優しさが隠されていることを、紗子は知っている。それは分かりづらくて時々誤解されてしまうけれど……。

少なくとも自分はわかっている。それで充分だった。

たかだか百年

天ヶ森雀

「そうだ、京都に行こう」

藤堂が突然テレビのコマーシャルみたいなことを言い出すから、俺の頭の中にお馴染みのメロディラインが流れる。タララ、タララ、タララランー♪

藤堂の手元にはかなり古びたハードカバーの分厚いノート。先日実家から持って帰ったそれを、最近、小難しい顔をして熱心に読んでいたのは知っていた。

「なに？　その中に京都に関することが書いてあったとか？」

「いや、まあ、そうでもないんだけど……」

それでも藤堂はうー、とかでもなー、あー、とか唸っている。元々思考が迷走しやすいタイプなのだ。一度悩みだすと長い。

「わかった。じゃあ次の休みでいいか？　日帰り？　それとも一泊する？」

「え？　幹本も一緒に行ってくれるの？」

驚いたように言うから笑ってしまう。どうせ背中を押して欲しかったくせに。

「暇だし付き合う。でも泊まるんなら宿はあまり贅沢出来ないぞ？」

「うん。それはいい。ありがとう」

奴はいつもの少し不器用そうな、はにかんだ笑顔でそう言った。

藤堂洛と一緒に暮らし始めたのは数ヶ月前で。同じ会社で働いていても無口で目立たない奴とはあまり接点がなかったのだけど、新人研修で自己紹介の時に「自分の名前は曽祖母から貰ったのですが嫌いなので名字で呼んで下さい」と一気に言い切った、その時の頑なさというか気難しさみたいなのが気に入って、奴の住んでいたアパートが台風で水漏れして退去を余儀なくされた時にじゃあウチに来いよと誘った。当然ながら藤堂は驚いた顔をして「でも迷惑では？」と渋っていたが、迷っている時点で了承したと感じていた俺は無理矢理押し切った。そして案外うまくやっている、と思う。と言うのも「幹本は強引だけど無理には踏み込まないから、楽」と同居一ヶ月後、奴に言われたからだ。

そんなわけで週末、京都に向かう。東京から新幹線で二時間二十分。

どうして京都に行こうとしたか、相変わらず藤堂は何も言わない。俺も無理に聞き出そうとは思わない。ただ、行きたい方角だけ聞いておかねば。

「同志社大学の方」

同志社？　って新島襄が作ったんだっけ。歴史で習った記憶を引っ張り出す。

「ってーと、今出川辺りになるのかな。何？　大学に興味があるの？」

「ううん。その近くに建具屋があるらしくて」

「建具屋」とオウム返しに繰り返してしまった。

「その建具屋の右奥に細い通路があって、そこを抜けると小さな祠があるって」

「ずいぶんピンポイントだな」

「まあ、空襲で焼け落ちてなきゃ、なんだけど」

「ちょっと待て。空襲って第二次世界大戦とかか？　元情報いつ頃？」

「えーと、確か大正生まれだから、そこから何年後かな……」

うわ、大正ってマジですか。平成より昭和より前。え？　ざっと百年くらい？

「でも、京都って空襲無かったんじゃなかったっけ」

「いや、調べたら五回は受けてる。その内一回は京都御所だから結構近いんだ」

「へえ……」

確かに地図アプリで見ると、同志社大学は京都御所の隣だった。空襲の被害があったかどうかは微妙な距離だ。

「じゃあ、とにかくその建具屋を探してみるか」

とりあえずアプリで検索すると、近隣の建具屋が三軒ヒットする。俺たちはそこを順番に回ることにした。

「祠？　この辺では見いひんわねえ」

最初に着いたその店は、いかにも普通の工務店で、小さな看板を見落とせば見つからなかっただろう。当然右奥に通路も見当たらない。

「すみません。ありがとうございました」

その調子で二軒目、三軒目も回ったが、それらしき情報はなし。周囲も特に京都的歴史感はない、普通の鉄筋建築やアスファルトの道路である。他にも建具屋がなかったか色んな店などで聞いてみたが、さして収穫はなかった。

「まあ、建具屋ゆうても結構減ってきてますからなあ」

「そうですか」

そりゃそうかもな。京都だからこそ障子や襖(ふすま)の需要も他の地方より多いかも知れないが、それでも住人はそれなりに近代化してきているだろう。

いい加減歩き疲れて、一旦休憩しようと、通りすがりの古びた喫茶店に入る。

「ごめん、やっぱり訊いていい？　なんでその祠を探してるんだ？」

渇いた喉をコーヒーで潤しながら、俺は藤堂に訊いた。聞けば何かヒントがあるかも知れないし。コーヒーの芳醇な香りが湯気と共に揺らいでいる。

「曽祖母が、一時的にこっちに住んでたらしくて」

「曽祖母って……藤堂が名前を貰ったっていう？　『らく』さん？」

「うん。彼女ってさ、親族内ではちょっとした伝説の人って言うか……人格者？

とにかく皆に愛されていた人で。戦争とかあった時も皆を助けて、どんな時もしゃんとして明るい人だったらしいんだ。うちの両親も小さい頃から可愛がって貰ってたみたいですごい大好きで」

その孫娘と結婚した藤堂の父親に至っては、血の繋がりもないのに、亡くなった時は人目も憚(はばか)らず号泣したらしい。どれだけ心酔してたんだか。

「だから彼女が亡くなった年に生まれた我が子にも、同じ名前を付けちゃうくらいで」

曽祖母さんの方は平仮名で『らく』。藤堂は上洛(じょうらく)の『洛』だけど。

「でも小さい頃からこの名前がすっごい嫌でさ。だってひいばあちゃんの名前とか普通付ける？　しかも『お前の名前はあの人から貰ったんだよ』とか彼女の偉業とセットで伝えられても、どうしろって話で」

確かに今時でもちょっと性別不明で珍しい名前ではある。もっとも当て字や西洋名のもじりが普通になっている現代ではまあ、許容範囲だろうか。

けれど、そりゃちょっとしたプレッシャーになるかもなあ。藤堂の性格形成に少なからず影響を与えた、子供時代に思いを馳せる。

「でも……この間、そのひいばあちゃんの日記、みたいなのを貰ったんだ」

「みたいなって？　日記じゃないの？」

「たぶん日記、なんだろうけど、日付はないし毎日は書いてない。それに手紙みたいに書いてるんだよ。親密な誰かに宛てたみたいな書き方」

「アンネ・フランクみたいだな。でも宛てた相手の名前とかは無しで？」

「全く無し。元々はうちのばあちゃんがらくさんの死後に見つけて隠し持ってたんだ。でも先月亡くなる前『洛ちゃんにあげる。誰にも見せないでね』って」

「なんかそれ、めちゃめちゃ訳ありっぽい？」

「念のため、このノートの事、それとなく探ったけど親も誰も知らなかった」

藤堂はぽつぽつと話し出す。日記の断片から得た情報によると、藤堂の曽祖母らくさんは、若い頃一時的に京都に住んでいた。そこで一人の宣教師に出会う。アメリカから来ていたその青年と彼女は恋仲になったが、戦争の気配が濃厚になり、彼は本国への帰国命令を受ける。もう会えないことを覚悟した二人は、密かに待ち合わせ場所に使っていた祠に、二人で撮った写真をそっと隠した。周囲に伏せられたその過去は、そっと日記の形を借りて綴られ続け、彼女の死後、娘である藤堂の祖母が引き取っていた、と言うことらしい。

「……大河ドラマみたいだな」

思わずそう呟（つぶや）いた。百年も前、戦争で恋人と引き裂かれるなんて、映画か小説の中の話みたいだ。もっとも当時は少なからずそんなことがあったのかもしれない。その手がかりを探そうとしている藤堂は、何を思ってるんだろう。

「その写真、見つけたらどうする？」

「わからない。けど……もしまだ残ってるならただ見てみたいなって」

自分が名前を貰った女性が、長らく秘め続けた想いの痕跡を。確かにそれは興味が湧いてもおかしくない。俺でさえちょっと見てみたい。

「でも絶対探し出したい、とかじゃないんだ。見つかればいいな、くらいで」

藤堂はぬるくなったコーヒーに口を付けながらモソモソそう言った。

「その祠やったら、たぶん、場所、わかりますよ」

なに？　俺と藤堂は声がした方を振り返る。声を発したのは、カウンターの中にいた喫茶店のマスターだった。白いシャツに蝶ネクタイ。撫で付けた髪に口髭がダンディで、よく見ると眼鏡の奥の瞳が澄んだ空のように青い。

「あの、失礼ですが……あなたは？」

「急に話しかけてすいません。つい話が耳に入ってきてしもて……そやけどその彼女の日記に出てくる宣教師いうんは、たぶん私の祖父ちゃうかなぁ」

待て。突然の展開に理解が追いつかない。え？　いきなり相手方の親族登場？

「こんな偶然、信じられへんなあ。そやけど私はね、祖父から御伽噺(おとぎばなし)みたいに彼のラッキーガールの話を聞いて育ったんです。ついふらふら聖地を訪ねるみたいに京都(ここ)まで来て、とうとう居着いてしもうたんです」

俺と藤堂は思わず顔を見合わす。聖地て。ラッキーガールってなに？

「でも写真を隠してはったなんて知らんかったわ。祠に行ってみますか？」

「え？　まだあるんですか？」

「もちろん。ここは千年の都やで？　大抵のもんは残ってるで」

そう言ってマスターはにやりと笑い、バイトらしき青年に「ちょっとあけるし、よろしくな」と声をかける。

「ほな行きましょか」

俺たちはもう一度顔を見合わせると、意を決して彼について行くことにした。

店を出ると、確かに脇に目立たない細い通路が在り、奥へと続いている。

「こんなところ、通っていいんですか？」

「うちの敷地やし、かまいません。元はここ建具屋やってね、前の持ち主が亡くならはって買い取ったんや。そして彼女か、その血縁が訪ねてきはったらおもろいなー思てここに店を構えたんやけど、……ほんまに会えるなんてなあ」

感慨深そうにマスターは笑う。あまりの偶然に、俺は何やら狐につままれたような気分になった。そう言えば確か京都には最古の稲荷神社があったような。奥に向かって細長い鰻の寝床状の敷地は、たぶん京都に昔からある作りで。突き当たりに、確かにひっそりと古く苔むした小さな祠が姿を現した。

「ここです」

彼は呑気そうな声で言って、藤堂に向かって「どうぞ」と場所を空けた。「どうも」と言って藤堂が祠の前に立つ。手を合わせてから観音式の小さな扉を開けると、底板の部分をそっと外し、中から小さな缶を取り出した。二重底？

「これかな」

そう言って錆び付いた缶の蓋を爪を立ててこじ開けた。中にはロザリオと写真が一葉。藤堂はその写真を手に取ると、息を詰めて食い入るように見ている。俺は邪魔にならないよう気配を殺す。その間待つこと五分くらい。

「なんか、思ってたよりずっと……若かったんだなあ」

細い息を吐き出しながら、差し出された写真を見て、俺も言葉をなくす。

二本三つ編みにセーラー服姿。子供みたいな無邪気な笑顔の少女が、異国の青年と共に写っている。禁断の、なんて聞いていたから、もう少し大人びた女性を想像していた。もしくはもう少し陰を帯びた表情の写真を。

裏を返すと、英語で何か書いてある。『my luck』――私の幸運。

そこでさっきのマスターの言葉に初めて得心がいく。ああなるほど、名前が『らく』だからひっかけてラッキーガールなのか。

藤堂にらくさんの生まれた大体の年を尋ねて調べると、この写真を撮った時はまだ十五歳くらいだ。まだ大人とは言い難い。当時ならもう嫁げなくもないのかもしれないが、ようやく大人になりかけくらいだろうか。

「祖父は当時、二十歳前後でした。彼は帰国後、戦災孤児や身寄りのない子供達を引き取って育ててはりました。その内の一人が僕の父やったんです」

マスターが淡々と相手の宣教師について説明する。

「『私は東の果ての古都で、素晴らしい幸運と出会ったんだよ』。彼は晩年、いつも、それは幸福そうに言うてはりました」

祠の前で、三人分の沈黙が落ちる。確かに二人とも、幸せとしか言えないようなとびきりの笑顔だった。その後の、恐らく苦難も多かっただろう人生をも、何とか乗り越えらせるような、奇蹟にも似た幸運な出会い。

「ひいばあちゃんのノート、いつも同じ文章で始まってたんだ」

「ん？」

「『お元気ですか？　私は元気です』。他愛ない日常、戦争が始まった日、終わった日、結婚した日も、子供が生まれた後も、ずっとずっと……宛名とか無いんだけど、全部同じ始まりで……最後のページには『あなたの幸運であるために』って。最初に読んだ時、なんか文法がおかしい気がしたんだけど、あれはそういう意味だったんだな」

どんなときも、彼が望むままに。彼の幸運であれるように。

「本当に、幸せだったのかなあ。大好きだった人と二度と会えなくなって、それでも彼のために幸せであろうと努力し続けて」

藤堂が今見つめているのは、完璧な人格者の曾祖母ではなく、恋に誠実であろうとした、ただひたむきな一人の少女なのだろう。

「まあわからんけど……だからこそ、日記にこの写真のことを記せたんじゃないのか？　誰かに……自分は本当に幸せだったんだと伝えるために」

多くの人に慕われたという女性の、その生涯にこの邂逅(かいこう)が無関係だとは思えない。どんな感情の変遷があったにせよ、幸福の一端だったと思いたい。

「ここは千年の都やし――、たかだか百年ぽっち、会えなくても終わらん恋が、潜んでいてもええんちゃうやろか」

マスターがぽつりとそんなことを言う。たかだか百年て、なんてパワーワードだろう。百年あれば人が生まれて死ぬに充分な長さなのに。でもそのパワーワードは俺に不思議な勇気を湧き起こさせる。そうだ、たかだか百年にも満たない人生だけど、だからこそ今この瞬間をおろそかにしちゃいけない。

「藤堂、俺、今やっと踏ん切れた。だから言わせて欲しい。本当は、ずっとお前のこと下の名前で呼びたかったんだ。だから……俺と、結婚してください」

藤堂の目がぽかんと見開かれる。でも冗談にして逃げたくはない。愛しいと思える相手と出会えたことが、ひとつの大きなチャンスなんだから。

「好きだ。百年は無理だとしても、できるだけ一緒にいたい。だから、——洛」

思い切って下の名前で呼ぶ。心臓が苦しい。顔が熱いし目眩(めまい)がする。

「……………幹本、唐突過ぎだよ」

藤堂は怒ったような声でそう言うと、真っ赤な頬を隠すように俺の胸に抱きついて「バカ」と小さく呟いた。俺は有頂天になってそっと彼女を抱き締める。

マスターは面白そうにヒューーと口笛を吹いた。

千年の都に隠されていた小さな奇蹟のような恋は、一葉の写真の形をして、俺たちを後押しするように微笑んでいる。

綺麗な言葉の裏側は

朝比奈歩

ぽつりとこぼした言葉に、視線が集まった。

「私は、京都の人が怖いかなぁ」

誰かが言った「どんなクレームが嫌？」という話題に、休憩室で一緒にお昼ご飯をしていたバイト仲間が次々と愚痴る。ここは都心にあるカスタマーセンターで、主にインターネット回線契約の電話案内などをしている。クレーム電話もよくかかってくる。

「京都の人のクレームが嫌ってこと？」

「うん。クレームじゃなくても京都の人と話すの緊張する。なんか裏があるのかなぁって」

「ああ、ぶぶ漬け的な言い回し？」

同じ大学に通っている友人がたとえを口にする。京都の人の家にお邪魔して、「ぶぶ漬けでも？」と聞かれたら「早く帰れ」の遠回しな言い方だという、落語のネタにもなっている話だ。

「それもある。クレームもさ、大声で怒鳴ったりはしないんだけど、はんなりした感じでチクチク遠回しに長時間話し続けるんだよね。それがツラいっていうかさ、もう終わりにしてくれないかなって気持ちになる」

バイトを始めた頃は、怒鳴りつけてくるクレームが怖かった。でも先輩に、「はいはいって相槌（あいづち）を打ちながら十五分ぐらい怒鳴らせておけばいいのよ。人間、怒鳴るにも体力がいって、だいたいの人は十五分ほど興奮して怒鳴ってると疲れて息切れして大人しくなるから」と教えられてからは大丈夫になった。長時間、怒鳴っていられる人はめったにいない。

本当に怖いクレームは静かに長く続くもので、場合によっては夫婦とかの二人組で、交互に電話を替わって文句を言われる。聞くほうは二人分の体力が必要になるのだ。

そんなとき、ふとパソコン画面に表示される顧客のデータを見ていたら、長時間ねちねちクレームを入れる人の出身地に京都が多かった。

それからは、電話を取るたびに出身地がどこなのか確認してしまう。京都だと緊張した。

「こないだなんて、数十円のことで二時間も粘られたし」

「そうなんだ。たしかに京都に限らず、都道府県によってクレームに違いってある気がする」

友人が頷いて、「みんなもどう?」って話を振る。

わかるわかると他にも賛同する人たちがでてきて、どこの県はクレームがヤクザみたいとか、西や南にいくほど時間感覚がのんびりしてきてこっちのミスにも寛容になってくるとか。クレーム都道府県でひとしきり盛り上がった。

「でもやっぱり、私は京都人が嫌。なんであんなにねちっこい上に、イヤミが遠回しなんだろ? 自分が悪者にならないような綺麗な言い回しで、言葉の裏を読ませようとするやり口ってさ、卑怯じゃない? やられたこっちは言い返しにくいし、常に相手の言葉裏を読むような日常をおくってたら精神が病んじゃうし、モラハラっぽい」

　つい熱のこもった口調になる。そうではない京都人が大半だろうとは思うのに、過去のトラウマと彼らが被(かぶ)って見えるようになってから、変に警戒するようになった。

「ちょっと、青井(あおい)……」

　友人に脇腹を肘で強めにつつかれる。なにごとかと視線を向けると、それまで静かにみんなの話を聞いていた西村(にしむら)さんが口を開いた。

「青井さんは、思いやりがあって相手のことをいろいろ考えてしまうのね。きっと相手もそれを察して甘えてしまうんじゃない？　もっと鈍感になってみたらどうかしら？」

　めったに会うことのない西村さんは既婚者で、基本、平日昼間のシフトに入っている。休日の今日働いているのは、誰かのシフトを替わってあげたからだろう。

　おっとりした感じの彼女は、いつも柔らかい笑みを浮かべているような人で、場を和ませる雰囲気がある。

「さすが西村さん、いいアドバイスですね」

友人がちょっとわざとらしいぐらいに、手を叩いて褒める。話し方も柔らかい西村さんは、クレーム対応のうまさに定評があった。

「あ、そうだ。私、下のコンビニで買いたいものあったんだ。青井、あんたも用があるって言ってたよね。昼休み終わる前に一緒にいこ！」

「ちょ……えっ？」

強引に腕を引っぱられ立たされた。そんなことを言った覚えはなかったが、黙ってろっと目配せされる。わけもわからないまま休憩室から出て、ひと気のない非常口のところまで連れてこられた。

「青井、まずいって。西村さんって京都出身なんだよ」

そっと友人に耳打ちされて青ざめた。

この仕事、徹底的に標準語で喋るように直される。数カ月も電話を取っていると、地方出身者とはわからないほどに訛りも綺麗に抜けてしまうのだ。うっかりしていた。

「西村さん優しいから、ああ言って青井のこと励ましてくれたけど、悪いからあとで謝っときな」

「励ましてって……京都の人なんでしょ。それって本音は違うってことじゃん」

さっきの励ましを直訳すると、「深読みしすぎて相手に舐められてるんじゃない？　神経質すぎるわよ」って意味にも受けとれる。だいたい京都出身だってあの場で明かしてくれないところにモヤモヤした。言ってくれれば、私だってすぐに謝罪できるのに。

「やっぱり……京都人って怖い」

「あんたねぇ、変なクレームつけてくる京都人なんて京都の悪いとこの濃縮果汁みたいなもんなんだから、それとまともな京都人を同一視するのはよくないって」

友人はそう諭すと、呆(あき)れたように息を吐いた。私だって、それぐらい頭ではわかっている。


大学に入学して初めてできた彼氏だった。

始めは優しい人だと思っていた。友達からの評判もよく、いい彼氏だねって言われるのが嬉しかった。

それがいつからか、彼といるだけで喉の奥になにかがつっかえているみたいに息苦しくて、言葉を発することができなくなった。

『青井は可愛いね。でも、こっちのほうが似合うと思うよ』

そう言ってすすめられた趣味じゃない地味な服。言われるまま買ってしまい、タンスの肥やしになった。

『どうしてあの服着ないの？　アドバイスした俺に失礼じゃない？』

ごめんね、やっぱり好きじゃなくてって返したら悲しそうに顔を歪(ゆが)められた。

『普通は次のデートでその服を着てくるのがマナーだよね。親しき仲にも礼儀ありって知ってる？』

そんなつもりじゃないって言っても、彼は溜め息をつくばかりで、その日はどんなに謝っても無視された。付き合っている間、こんなやり取りを何度も繰り返した。

彼は「失礼」や「礼儀」、「普通」、「マナー」って単語が大好きだった。私は失礼で礼儀がなってなくて、普通のマナーを知らない女なのだと刷り込まれていき、気付いたときには彼になにひとつ反論できなくなっていた。

私の異変を察した友人に指摘されて目が覚めるまで、ずっとだ。友人たちに助けられて、なんとか彼と別れることはできたが、今でもトラウマだった。

そのせいで遠回しでネチネチしたクレームは私のトラウマをえぐり、京都人に対して苦手意識を持つようになったのだ。

席についてヘッドセットをつける。数日前のことを思い出すと気が重くて、バイトに来るのも嫌だった。

西村さんには、タイミングを逃してまだ謝っていない。シフトも違うので、すぐには会えないだろう。

悪かったという気持ちはある。でも、腹の内でなにを考えているのわからない人に頭を下げるのは怖かった。なにより出身が京都と聞いて苦手意識がわいてしまった。

また、彼のときみたいに支配されるのではないか……。

そんな不安が頭をよぎる。

午前の仕事が終わり昼休憩になった。席から立つと、ちょうど会議室からバイトの研修生がぞろぞろ出てくる。そのうちの一人が、このセンターの主任と談笑しながら歩いてくるのを見て、息をのんだ。

「あっ、青井！　久しぶりだな」

爽やかな笑顔でこちらに軽く手を振ってきたのは、別れたあの彼だった。吐き気がした。無視して逃げだしたいのに、足は動かない。なにも知らない主任が、彼をともなって私の前までやってきた。

「彼、青井さんの知り合いなんだってね」

返事もできずに、二人から視線をそらして口元を押さえる。

就活に有利になると、先輩からこのバイトを紹介されたのだと彼が言う。絶対に違う。私をまた支配しにきたとしか思えなくて、ぎゅっと握りこんだ指先が震えた。

「どうしたの？　顔色悪いね」

主任に心配をかけるのも、私情を挟むのも本意ではない。でも、彼と同じ職場で働くのは怖い。どうしよう、と顔を上げる。笑顔の彼と一瞬だけ目が合い、「わかっているよな」と視線で告げられる。

私はそれだけで震え上がって、一気に昔に戻ってしまった。

「いえ……あの、大丈夫です」

本当は違うのに、へへっ、と笑って首を振る。

彼と付き合っていた頃にも何度もあった。ツラいのに、大丈夫だよと周りに言って笑ってしまう。そうすれば、後で彼にお小言を言われないから、ねちねち責められないから、こうするしかないって体が覚えている。

「いやぁ、実は元彼なんですよ。円満に別れたんですけど、やっぱ気まずいですよね。ごめんな、青井」

嘘をつくな。なにも円満じゃなかった。

そう思うのに、言葉は喉でつまって出てこない。呼吸もうまくできない。代わりに愛想笑いをしてしまう。

別れるまでにどれだけひどい言葉を投げかけられたか。自分が振られるのはプライドが傷付くのか、周囲に私の悪評までバラまいた。友人数人が味方になってデマを否定してくれなかったら、今頃、大学に通うことだってできなくなっていただろう。

「まさかお前がここでバイトしてるって知らなくて……まあ、前のことは水に流して。これから同僚としてよろしくな」

そう言って差し出された手を握り返せないでいると、わざとらしく溜め息をつかれる。

「やっぱ俺、嫌われてる？　青井のこと、まだ好きなんだけどなぁ」

背筋がゾッとした。

昼休憩に入る同僚たちの視線が集まりだす。近くで話を聞いていた同期の男性が、「え〜、こんなイイ男振ったの？」なんて興味本位で声をかけてくる。

彼は、こざっぱりとしていてオシャレで、見てくれも物腰も良い。成績も優秀だから教授陣の覚えもめでたい。

そんな彼だから、ずっと自分のほうが間違っているのではと思い込んでいた。

周囲も同じで、私の味方は少なかった。

「彼、物覚えもいいし、トークもなめらかで即戦力になりそうなんだよ。気まずいかもしれないけど、仲良くしてね」

主任が無責任に「それにしても、別れるなんてもったいない」なんて付け加える。叫びだしたいほどの怒りが腹の中で渦巻くが、喉がわずかに震えただけ。やっぱり私はへらへら笑っている。嫌なのに、条件反射でそうしてしまう。

「青井、周りに気を遣わせたら失礼だろ？　いろいろ思うところはあるだろうけど、ここは普通の大人として、割り切って仕事をしていくのが礼儀でマナーじゃないかな？」

私の気持ちも言葉も封じていく。美しくて正しい単語たちは、誰にも気付かれないように獲物を仕留める便利な道具だ。

正しくなくて美しくないのはお前のほうなんだよ、と柔らかく首を絞め付けてくる。

「だから、ほら。仲直りのしるしに握手しよう」

この手をとらなかったら、私が悪者になる。本当のことを訴えても、周りが信じてくれるかわからない。真実をうまく言葉にするのだって難しい。

こうやって囲いこまれて孤立して、彼の言葉を信じる人のほうが多かった。私が必死に被害を訴えても、彼は「青井は自意識過剰だな」って困ったように笑って周りの同情を買った。「自意識過剰」も彼の大好きな単語だった。

なにも届かない。私の言葉はなにひとつ、誰にも届かない絶望感。

吐いてしまいそうだ。目の前がぐらぐらと揺れる。呼吸も浅い。

握手を返しても返さなくても、私が彼に負けることは確定している。それなら、周囲から孤立しないように手を取るしかない。

震えそうになる手を持ち上げようとしたそのとき、ぐっと腕を誰かに摑まれた。

西村さんだった。いつの間に隣にやってきたのか、私の顔をのぞきこんで心配そうに囁く。

「大丈夫？　無理しなくていいわ。あなたの言葉を巧みに封じる、ひどい男ね」

「……どう、して？」

なんでわかったの。わかるんですか、とすがるように彼女を見上げる。

「ほら、私。あなたの苦手な京都人だから、人の言葉の裏には敏感なのよ」

ふわりとした微笑みと一緒に返ってきた少し毒のある言葉なのに、ほっとした。たった一人でも、この場に私の言葉が届く人がいる。それだけで心強くて、泣き出してしまいそうだった。

勝手な偏見で失礼なことを言ったのに。西村さんは優しい。

そういえば彼女が言っていた。私は相手の気持ちを察しすぎるとか、もっと鈍感になればいいとか。

鈍感ってなんだろう？

自分の負けを察しないことだろうか？

だったら、ボケて握手しない方向に持っていけばいいのかな？

でも、あくまでも丁寧に対応しよう。仕事で相手にするクレーマーの一人だと思えばいい。大丈夫、怖くない。

追いつめられてなにかが吹っ切れたのか、ふと、思いつきで口が動いた。

「申し訳ございません。現在、緊張のあまり手汗をかいておりまして。以前、汗だくの状態であなた様と手を繋いだところ、ご不快な思いをさせてしまったので、今回はご容赦ください。またの機会がございましたら、よろしくお願いいたします」

これはただのクレーム対応だ。そう思ったら、言葉がするすると出てきて笑顔になった。

最後にゆっくりとお辞儀をしてから顔を上げたら、行き場のない手を上げたままの彼の笑みが引きつっていた。初めて見る間抜けな表情に、ずっと胸をえぐっていた数々の言葉たちがすっと消えていった。

「あらあら、元彼さんは綺麗好きだったのねぇ」

西村さんのわずかに混じる京都訛りの弾んだ声。それに続く、ころころとした笑い声に場は和んだが、周囲はなにか察したように彼と私を交互に見て黙りこんだ。

「では、昼休憩に入るので失礼させていただきます。あなたには、ここで新しい出会いがあることを願っています。今までありがとうございました」

最後に、彼の目をしっかりと見据えて言い捨てると、私は、私を縛ってきた言葉すべてを振り切るように歩きだした。


「偏見からすべての京都の人を否定するようなことを言って、本当にすみませんでした」

センターを出た私を追いかけてきた西村さんと、一緒にランチをすることになった。適当に入ったお店で、彼との間にあったこと、そのせいで言葉の裏に敏感になりすぎていたこと、彼の言い回しに似ている京都人のクレームが怖くて偏見がひどくなったことを告白して謝った。

「そうだったの。大変だったわね」

西村さんは相変わらずの柔和な笑みで、最後まで話を聞いてくれた。なにを考えているのか、やっぱりよくわからない人だとは思ったけれど、さっきまでの苦手意識はもうなくなっていた。

「それから、ありがとうございます。西村さんがこないだ言ってくれたことが役に立ちました」

「そんな、大したことじゃないわ。それより、こっちこそありがとう。彼の情報が聞けてよかった」

どういうことかと目をぱちくりさせる。

「彼の教育係、私なのよね。ふふ、楽しみだわ」

カスタマー勤務は一人で電話を取れるようになるまで、ベテランが教育係として横について指導する研修期間がある。長期間にわたって教育していくので、研修生の人となりを事前に知っていると相手をしやすいのだと、西村さんは口角だけを上げて笑った。

「……やっぱり京都の人は怖い」

私のつぶやきに、西村さんは「そうかしら？」と愛らしく小首を傾げる。

彼の新たな出会いはすぐそこにありそうだ。

ぶぶ漬け食べに、京都行こう

矢凪

「……味が、ない？」

それは突然のことだった。終電でワンルームのアパートに帰宅した深夜一時過ぎ。部屋の真ん中に置いてある一人用のコタツに入り、お風呂が沸くまでの時間潰しに、と惣菜パンにかぶりついた瞬間、穂乃(ほの)は違和感を覚えた。自分が今、何を口にしたのかわからなくなって、とっさに手元を確かめる。今朝――といっても日が変わっているのでもう昨日のことだが――会社の最寄り駅前にあるコンビニで、昼食用に買ったごく普通のコロッケパンだ。

安い割にボリュームがあって腹持ちも良いので頻繁に買っているお気に入りの商品。レンジで温めてから食べると、コロッケと千切りキャベツをはさんでいるコッペパンがふかふかになっておいしいはず……なのだが。

業務に追われて昼休憩を取る隙がなく、カバンに入れっぱなしになっていた間に傷んでしまった、というわけではない。変な味がするというのではなく、味がしないのだ。

首を傾げ、もう一口食べてみるが、ほんのり甘いはずのパンの味も濃い目のはずのソースの味もわからない。経験したことのない状態に気味が悪くなり、一気に食欲を失った。と同時に喉の渇きを覚え、パンと一緒に購入して開けてすらいなかったペットボトル入りの微糖コーヒーを勢いよくあおる。

しかし、それもまたなんの味も感じられなかった。

「疲れてるのかな……？」

ため息をつきながらコタツに突っ伏すと、途端に睡魔が襲ってきて身体から力が抜けていく。そのまま眠りに落ちかけた時――。

『水白（みずしろ）！　仕事が遅くて能もねぇ奴はサッサと辞めちまえ！』

上司からの厳しい叱責の声が蘇り、身体がビクンとこわばってコタツの脚に思いきり膝をぶつけてしまった。

穂乃は涙目になりながら打ったところを手でさすると、幼子がいじけた時のようにコタツ布団をかぶって丸くなる。

「仕事、辞めちゃおうかな……」

穂乃の勤務先は、『おいしマップ』というグルメ情報サイトの運営会社だ。学生時代から食べ歩きが好きだったので志望し、新卒で入って今年で四年目。配属された業務部で穂乃は人一倍努力し、同期の誰よりも早く業務を覚えていった。最初の上司は元営業職の実力ある女性社員で、厳しかったが穂乃のことを信頼して様々な仕事を任せてくれた。忙しい部署ながら人間関係は良好で順風満帆、公私ともに充実した日々を送っていた——今年の春までは。

「でも、創に失望されちゃうかな……？」

初鳥創は穂乃と同期入社で営業部期待のエースだった。二人が出会ったのは入社直後の研修時。配属後、創が都内のお茶漬け店との契約を初めて決めた際、広告掲載の運用面を穂乃が担当したことがきっかけで親しくなった。そして、その年の夏、営業部と業務部の親睦会の帰り道に交際を始めた。それから三年、大きなケンカをすることもなく穏やかな付き合いを続けていた。

しかし、今春の人事異動で創が京都支店へ異動となり、遠距離恋愛になってしまった。それでも半年程は頻繁に電話をしたりと、変わらず過ごせていた。

仕事も恋愛も歯車が大きく狂い始めたのは三か月前からだ。

穂乃が尊敬していた女性の上司が家庭の事情で退職し、後任となった男性の上司は評判の悪い人物だった。パワハラ発言を繰り返すその上司に耐えられなくなった社員が次々と辞めていき、穂乃のいる部署は人手不足に陥った。業務の穴を埋めようと急場しのぎで雇われた派遣社員も二日と経たず去っていく。

そんな中、責任感が強く真面目な穂乃だけは溜まる一方の業務を深夜までかけて処理していた。しかし穂乃も疲労からミスを連発してしまい、たびたび叱責を受けるようになった。

助けを求めようにも恋人の創は遥か遠く、京都支店にいる。

創も忙しいらしく、以前は毎日送ってくれていたメールが数日おきになり、穂乃も帰宅が遅かったり休日出勤もあり、連絡は途絶えがちになっていった。

ピピピッ！　と朝を知らせるアラーム音がスマホから鳴り、穂乃は重たい瞼を押し開ける。どうやらコタツで寝落ちしてしまったらしい。

仕事行かなきゃ、と思って幾度も身体を起こそうと試みたが、ひどい倦怠感にあらがえず、再び気を失うように目を閉じた。ようやく起き上がれたのは陽が傾きかけた頃。重い腰を上げ、入り忘れていたお風呂に入って少しサッパリしてから、砂糖とミルク多めのインスタントコーヒーを飲み、味覚がおかしくなっていたことを思い出した。

幸い、家から徒歩五分のところに内科クリニックがある。受付終了ギリギリに受診し、気さくなおじいちゃん医師から告げられたのは、納得はいくが受け入れたくはない内容だった。

――味覚障害。

原因の特定は難しいが精神的なことが影響しているのではとの診断だった。亜鉛不足が原因で発症することもあるらしく、食生活改善を促され、薬を服用することになった。と同時に、ストレスの元凶である仕事を一か月は休むように、と診断書も出してくれた。そうして穂乃は治療に専念すべく、職場に休職届を郵送で提出した。

しかし、おいしいものを食べることがストレス発散方法となっていた穂乃にとって、何を食べても味がしないというの耐えがたい。おまけに仕事を休んでいるという罪悪感と、復帰した後のことばかり考えてしまい、鬱々とした日々が続いた。現状を創に打ち明け、相談しようかとも考えたが、変に心配をかけたり面倒な女だと思われるのが嫌でなかなか言い出せず……そんな葛藤の日々が三週目に突入したある日、穂乃の心は限界を迎えた。

創に逢いたい。寂しい。声が聞きたい。仕事のことなんて忘れて、どこかへ二人で出かけて、一緒においしいご飯を食べたり、笑い合ったりしたい。

そんな想いを込めて、ただひと言『電話してもいい？』とメールした。曜日感覚がなくなりかけていたが、今日は土曜日だ。

京都支店は売上好調だと少し前に社内資料で見たが、土曜出社する程の忙しさではなさそうだった。休日ならばきっとすぐに返事をしてくれるだろう。そう期待していたのに、夜遅くなってからようやく届いた返信は『今日は忙しくて疲れたから、明日じゃダメかな？』というそっけない内容だった。

その文面を読んだ瞬間、落胆するよりも穂乃の中で一つの疑念が湧いた。

最近、創から送られてくるメールには大抵『忙しい』と書いてある。だが、本当に仕事で忙しいのだろうか。もしかしたら、浮気しているのでは——？

仕事熱心で誠実な彼がそんなことするはずがない。そう信じたいのに、心身共に余裕をなくしている今の穂乃にとって、それはとても難しいことだった。

『別れて欲しい時は、ちゃんと言ってね』

うやむやの状態で放置されるより白黒つけてしまいたい。自暴自棄になった穂乃は思い切ってそうメールしてしまった。

送信ボタンを押した途端、急に返事が怖くなったが、間髪を容れず彼専用の着信音がスマホから流れてきたので穂乃は驚く。まさか本当に別れを告げられてしまうのだろうかと緊張しながら通話ボタンを押すと、予想に反して慌てた様子の創の声が耳に飛び込んできた。

「穂乃、どうしたの⁉　何、どういうこと？」

「あ……えっとその、最近いつも忙しいって言ってるから、私以外に好きな人でもできて、デートとかしてるのかなって」

穂乃が恐る恐る理由を伝えると、何かを悩んでいるような間が空いた。

「不安にさせてごめん！　実は京都に来てから色々あってさ……できれば直接会って話したいんだけど……明日は日曜だし、もう予定入っちゃってる？」

「ううん、特に予定はないけど……？」

休職していて家に引きこもっていることは明かさぬまま穂乃がそう答えると、突然、創は『わかった。じゃあちょっと待ってて。すぐ飛んでいくから！』と言って電話を切ってしまった。

創がいるのは京都で、ここは東京だ。しかも、もう日付が変わりそうな時間で新幹線の終電時刻は過ぎているし、すぐに来られるはずがない。そう思っていたのだったが——翌朝七時半、浅い眠りについていた穂乃はインターホンの鳴る音で目を覚ました。

まさか、という期待で心臓が高鳴るのを感じながら玄関に出ると、そこには濃紺色のダウンジャケットに身を包んだ創が、白い息を吐いて立っていた。

「創……？　え、なんで？　どうやって来たの？」

「夜行バスで来たけど……穂乃こそ、どうしちゃったの？　すごく顔色悪いし、そんなに痩せちゃって、何があったのか教えてくれる？」

創は驚きと心配が混ざったような表情を浮かべると、壊れ物を扱うかのように穂乃のことを優しく抱き締めた。

途端、穂乃の中で張り詰めていた緊張の糸が切れ、涙がぶわっと溢れ出す。

「実は……」

穂乃は職場でのパワハラに耐えられず辞めたいと思っていること、ストレスから味覚障害になってしまい、それがなかなか治らないので辛いこと。そして何より、創に逢いたかったと、鼻をすすりながら打ち明けた。

「大変なことになってたのに気づいてあげられなくてごめん。でも、そういうことなら……これから一緒に『ぶぶ漬け』食べに、京都行こう」

「え？　これからって、今日これから？　それに、ぶぶ漬け……？」

唐突な提案に穂乃が目を瞬かせると、創はいたずらっぽい笑みを浮かべた。

「うん。ぶぶ漬けっていうのはこっちでいう『お茶漬け』のことなんだけど、食欲がない今の穂乃にこそ食べて欲しい。それに会わせたい人もいるし……」

その言葉に、創の熱い想いを感じた穂乃が戸惑いながらも頷くと、そこからは大忙しだった。最低限の荷造りをして身支度を調えるとタクシーで東京駅へ向かい、新幹線で昼過ぎに京都駅に着くと、今度は地下鉄烏丸線で四条駅へ。阪急京都線に乗り換えて京都河原町駅で降り、鴨川沿いに数分歩くと、悪縁を切ることで有名な神社近くの路地に、その店はひっそりと佇んでいた。

「ここだよ。町家カフェ『のんびり茶屋』。今の俺の職場！」

誇らしげにそう告げられ、穂乃は驚いて大きく目を見開いた。

「この店は営業回りしてた時に見つけたんだ。色々あって秋口から働かせてもらうことになって……」

穂乃はふと、創が以前、いつか自分の店を持つのが夢だと語ってくれたことを思い出し、そういう事情があったのかと納得した。

「ねえ、穂乃は覚えてる？　俺が初めて契約を決めた店のこと……」

穂乃が創と親しくなったきっかけの店。それは都内にあるお茶漬け店だった。

創と穂乃は初受注記念のお祝いと店への挨拶を兼ねて食事しに行った。その時に食べたお茶漬けの味は、おそらく一生忘れることはないだろう。

もちろん、と頷いた穂乃に、創は嬉しそうに続けた。

「高透さん……この店のオーナーもね、東京に住んでいた頃は、あの店の常連だったんだって。それで京都で店を開くことになった時に、お茶漬けを出そうって決めたみたいで。その話を聞いてなんか不思議な縁を感じてさ。って、開店時間過ぎてるのにのれん下げたままじゃん……待って、今開けるから」

創が持っていた鍵で戸を開けると、すぐに藍色の作務衣姿をした初老の女性と、目尻の皺が印象的な初老の男性が店の奥から現れた。

「あら、創くんおかえり。まあまあ、そちらが噂の自慢の彼女さんね！　外は寒かったでしょう。すぐに温かいお茶を淹れてきますから、奥へどうぞ」

「って、詩歌さん、今日、本当に臨時休業にしちゃったの？」

「当たり前じゃない！　創くんが大事な人を紹介してくれるって日に、仕事なんてしていられないわよ。ねえ、昴一さん？」

「ああ、今日は特に予約も入ってなかったから問題ない」

創とその二人のやり取りはまるで田舎に帰省した時のようで、本当の家族だと言われたら信じてしまいそうだった。

店内はカウンター席が四席と、庭に面した奥座敷が十六席。座敷には、夫妻が趣味で集めたという京都に関係する書籍がずらりと並び、自由に読めるようになっている。アットホームで穏やかな空間がそこにあった。

創が「ちょっと準備してくる」と言って離席し、穂乃が勧められた奥座敷の席に座って待つ間、オーナーである高透夫妻は色々な話をしてくれた。

夫妻は二人とも東京出身だということ。昴一が勤めていた会社の経営が悪化し、早期退職することになったのをきっかけに、詩歌の提案で京都に移住し、中古の町家を購入して改装し、このカフェを始めたこと。そして、早くに両親を亡くした創のことを、子に恵まれなかった夫妻は我が子のように可愛がっていて、いつかはこの店を継いで欲しいとまで考えていること。

気さくでおしゃべりが好きだという詩歌と、口数は少ないが創のことを大切に想っているのが伝わってくる昴一の話に聞き入っているうちに、穂乃の緊張はほぐれていった。

そうして二十分ほど経った頃、藍色の作務衣に着替えた創が奥座敷に入ってきて、穂乃の座っている卓にそっとお盆を置いた。

「この店で一番人気の『ぶぶ漬けランチセット』。これを穂乃に食べてみて欲しかったんだ」

茶碗にふんわりと盛られているお米は京都産コシヒカリ。艶と香りがよく漬け物に合うのだという。長皿には京野菜のお漬け物――賀茂茄子（かもなす）のしば漬けや聖護院（しょうごいん）大根のたくあん、壬生菜（みぶな）漬けなど、六種類が盛られている。だし巻き玉子とお豆腐の味噌汁、急須に入ったほうじ茶が添えられ、自分の好きなタイミングでお茶漬けにして楽しむことができるようになっていた。

彩り鮮やかで見た目でも楽しめる、そんなセットだ。

食欲を失っていた穂乃だったが、自然と手が箸に伸びる。漬け物をご飯の上に載せていき、温かいお茶をゆっくりと注ぐ。そして、漬け物とご飯とお茶をさらさらと口へ運んだ次の瞬間――穂乃は驚いて目を瞬かせた。

「……少しだけど、味、わかる……あったかくて優しい味……」

弱りきった心と身体にじんわりと染み渡っていくのを感じた穂乃の口から「はぁ……」と安堵の息が漏れると、高透夫妻と創は顔を見合わせ、ホッとした様子で微笑み合った。

わずかとはいえ味を感じられたことの嬉しさに穂乃が涙ぐみながらゆっくりと食べ進め、全てのお椀とお皿を綺麗にした時だ。

創はいつになく真剣なまなざしを穂乃に向け、ひとつの提案を口にした。

「穂乃、これからは俺とずっと一緒に、京都で暮らさないか？」

「――！」

その言葉の意味するところを理解した穂乃は、創のことをまっすぐに見つめ返す。そして高透夫妻に見守られる中、少し照れくさそうに差し出された創の手に自分の手を重ねると、満面に笑みを浮かべて頷いたのだった――。

人形(ひとがた)流し

鳴海澪

真樹は母の本棚の前に座り、目の前の本を一冊抜き出す。

「東京の美味しいフレンチ……お母さん、こんな本を読んでいたんだ」

ぱらぱらとページを捲ると、赤く大きな丸印がついている箇所がある。

――ね、真樹。こんどフランス料理を食べに行こうね。美味しそうなお店を見つけたの。満期になった保険がおりるから、お母さんがご馳走してあげる。

母の活き活きした声が耳に蘇って胸が詰まり、真樹は本を閉じる。

保険など必要がないほど元気だった母が突然に亡くなって、もう二年。今年は三回忌を迎えるなど、未だに信じられない。こうして実家にきて、母の遺品に手をつけられるようになったのも最近のことだ。

「フランス料理、まだご馳走してもらってないよ、お母さん」

いない人に呟きながら、真樹は隣にあった京都のガイドブックを引き出す。奥付を見ると、今年三十五歳になる真樹が生まれる前のものだった。

「これじゃあ古すぎて、もう役に立たないのに」

　そういえば母はよく、一緒に京都へ行こうと言っていた。

『京都はお母さんも行ったことあるよね？　他の所でいいんじゃない？』

友人たちとも何度か訪れた京都より、もっと別の所へ行きたかった。

『私は真樹と京都に行きたいのよ。六月にね』

『六月？　どうして？　梅雨だよ。あじさいなら鎌倉（かまくら）でいい所があるわよ』

わざわざ鬱陶しい季節に旅行はしたくないと真樹は気乗りがしなかったが、
母は「京都がいいの。京都じゃなくちゃ駄目」と笑顔で頑固に言い張った。

『六月は真樹が生まれた縁起のいい月だし、寿命が延びそうじゃない』

まったく理由にはなっていなかったが、母の奇妙に強い意志だけは伝わってきて、「じゃあ、そのうちね」と答えた。

　こんなに早く母がいなくなるなど考えたこともなく、果たせなかった約束ばかりが思い出される。

　やりきれない気持ちでページを繰ると、ひらりと何かが落ちてきた。

膝の上に落ちて来たそれを摘み上げて、真樹は目の高さに掲げた。

「何？　人形かな？」

折り紙の男雛に似ているが、ガイドブックと同じように年数が経っているらしく、白い紙は黄ばんでいた。しおりにしていたのかと思いながら紙人形をくるりと裏返すと、文字が書かれてあるのに気づく。

「子ども？　……お母さんの筆跡だけれどどういう意味なの？」

目鼻のない紙の人形に書かれた「子ども」の文字に真樹はぞくりとした。

その日はそれ以上、母の遺品の整理をする気にもなれず、紙人形を手に真樹は家に戻った。

「ねえ、これって何だと思う？　母が持っていた京都のガイドブックの間に挟まっていたんだけど」

夕食後に夫に見せて手短に説明すると「しおり代わりにお母さんが作ったんじゃないのか」と真樹が最初に思いついたのと同じような反応をした。

「でも、ほらここ見て。子どもって書いてあるのよ」

「呪いじゃないの？　丑三つ時にどうこうするヤツ。京都っぽいじゃないか」

一瞬驚いた顔をしたものの、夫は軽い口調で流す。

「それはわら人形でしょ！　それに母の子どもは私ひとりなのよ。どうして母が、私のことを丑三つ時に呪うのよ！」

「あ……ごめん。ごめん——冗談でも言い方が悪かった。無神経ですまない」

結婚五年目でまだ、望んでいる子どもに恵まれないことを気にしている真樹の剣幕に驚いた夫が、言葉だけではなく頭も下げる。

「そんなに気にすることないと思うけどな。単にその人形がかわいらしくて、子どもみたいだと思って書いたんじゃないのかな。その程度だと思うよ」

「……うん、そうかもね」

八つ当たり気味の怒りを抑えて頷いたものの、釈然としない。

三十を過ぎてから結婚し、子どもがいないまま月日が過ぎた。夫婦共に健康で問題もないのに、何故だろうと考えることもよくある。

もしかしたら、母がこんな呪いめいた人形を残していたせいではないのか？

真樹は手の中の紙人形を見つめる。

——まず二人の生活を大切になさい。夫婦は二人で幸せになることが大事よ。

母は真樹にそう言ってくれたけれど、本心はどうだったのだろうか。

まさかとは思うが、真樹に子どもが生まれることを望んでいなかったのではないかと、真樹はもう尋ねられない人の心の内を疑った。

＊＊＊

母の三回忌のお斎の席で、真樹は叔母にその人形を見せた。

「これ、母が残したものなんだけど、なんだかわかる？　叔母さん」

京都のガイドブックから出て来たと説明すると、人形を手に叔母が考え込む。

母と叔母は年子の姉妹で仲が良く、互いに別所帯になっても交流が続いていた。

この叔母なら何か知っているかもしれないと、真樹は答えを待つ。

「京都に行ったときにした、厄払いの人形流し(ひとがたなが)のものだと思うけど……」

しばらく考えた叔母は人形を手にしたまま遠くを見つめる視線になった。

「人形(ひとがた)……それっていつ頃？　私がまだ小さい頃かな？」

母と叔母が京都に一緒に旅行していた記憶がない真樹は尋ねる。

「ううん、真樹ちゃんが生まれる前よ」

それだけはきっぱりと、叔母はすぐに答えた。

「京都に行った理由がね、姉さんの気晴らしのためだったからよく覚えてる」

叔母は少し声のトーンを落とす。

「その頃の姉さんは、なかなか子どもに恵まれなくて悩んでいたの。今と違って、結婚したら子どもを産むのが当然な時代で、周囲もうるさかったのよ」

子どもがまだいない真樹を気遣うのか、叔母はさりげなく言う。

「義実家はやいやい言ってくるし、実家の両親も口を出してくるしでね」

「……お祖母ちゃんとお祖父ちゃんが、お母さんを責めたの？」

「責めてはいないわよ。ただね、どこから聞いてきたのか知らないけれど一日一本とろろ芋を食べろとか、マムシを煎じて旦那さんに飲ませろとかね」

「マムシ？」

「黒くて長い干物だったけど、マムシだったかどうかもわからないわよ。お祖母ちゃんがすごく高い値段で買ったらしいけど。自分の親でも嫌になっちゃう」

しゃきしゃきとした口調で叔母は文句を言う。見た目も性格も温和しい印象だった母と違い、叔母は活発で物事をはっきりと口に出す。

「自分の親にそんな態度をとられたら姉さんだって泣きたくなるわよ。親切なんだか嫌がらせなんだかわかりゃしないでしょ？」

「……そうだね」

「だからね、私がマムシの干物をゴミ箱に投げ捨てて、その代わりに姉さんを京都に連れていったってわけ。まあ、私も行きたかったんだけれど」

悪戯っぽい顔で叔母は笑った。

「京都では私がレンタカーを運転して、姉さんが助手席でガイドブックを見ていろんな場所へ行った。楽しかったなあ……京都は混雑してたけど、それを見た姉さんが、たくさん人がいても他人っていいわねえって呟いたの。誰も自分を知らないし、誰も何も言わないって」

叔母はしんみりとした口調になる。

「お母さんがそんなことを……」

「あれには私もちょっとビックリした。そんなに辛いのかなって。でもすぐに楽しそうになって、ガイドブックからあちこち行き先を選んでくれたわ」

もう決してできない二人旅を懐かしむように叔母が目を潤ませた。

「それで……そのときにこの人形を？」

「そう、ちょうど六月の下旬で、夏越しの祓えの時季だったのよ」

——私は真樹と京都に行きたいのよ。六月にね。

母の言葉を思い出し、真樹は僅かに身を乗り出す。

「夏越しの祓えって、知ってる？　半年分の厄を落とす六月の儀式なんだけど」

「ああ……ええと、神社にある、茅って いう草で作った大きな輪をくぐり抜けるのをニュースで見たことがあるけど、あれのこと？」

「そうそう、茅の輪くぐりっていう儀式ね。夏越しの祓えの神事の一つとして有名よね。東京辺りだとわざわざ探して行く感じだけれど、京都だとどこでもやっているような雰囲気だったわ」

思い出に浸るように叔母は目を細めた。

「せっかくだから私たちも茅の輪くぐりをしようって行った先の神社で、人形流しもやっていたの」

叔母は真樹が見せた紙の人形にそっと触れた。

「ここに名前と生年月日を書いて奉納すると、災厄と一緒に川に流してくれると聞いて、姉さんと二人でお願いした覚えがある。そのときの人形だと思う」

「子どもと書いた人形をわざわざ取り置いていたのには、何か意味があるの？」

「全然わからないわ。お守りと違って、持ってくるようなものじゃないから」

不思議そうに叔母は首を傾げる。

だが「厄を流す」と聞いて真樹の胸がざわめく。

母にとって子どもは厄だったのだろうか。子どもに恵まれないことを責められて、子どもが厄のように思えたのだろうか。

そう思うと、自分が母に歓迎されていなかったような頼りない気持ちになる。

「でもあの京都旅行のあと、あなたがお腹にできて、翌年の六月に生まれたのね。だからあれで厄が落ちたのかしらねって、当時話したことを覚えているわ」

真樹の屈託に気づかずに叔母は言った。

「……それって、どこの神社だったの？」

「どこだったかしら……金閣寺の次に行った記憶があるんだけれど」

忘れたと言う叔母に、できれば調べて欲しいと頼むと、「そりゃあこんな人形があれば気になるわよね。任せて」と叔母は快諾した。

「わかったわ、真樹ちゃん。上賀茂神社っていう所よ」

翌日には、言葉どおり叔母は真樹に電話で答えをくれた

丁寧に礼を言う真樹に、電話の向こうの叔母の声が柔らかくなる。

「ね、真樹ちゃん。姉さんが子どもに恵まれなくて悩んでいたのは本当。それだけに姉さんはあなたが生まれたことをとても喜んでいたのよ。そのことだけは絶対に忘れないでね」

真樹の迷いを読んだように叔母はそう言った。

＊＊＊

六月下旬の梅雨の最中、京都駅でレンタカーを借りた真樹は助手席に母のガ

イドブックを置き、上賀茂神社へ向かって車を走らせる。本の間には母が「子ども」と記した人形が挟んである。

上賀茂神社は京都の北に位置し、中心街からは離れた場所にあった。

「他人がたくさんいていい」というほど人間関係に疲れていた母は、京都の街により深い静けさを求め、北へ向かったのだろうか。

それでも京都はいつも観光客で賑わう。広大な敷地に建ち、国宝を有する上賀茂神社も例外ではなく、最初の鳥居をくぐるともう家族連れの声がする。

この時季に晴れたことはありがたいが、周囲の緑はむせ返るほど濃く、湿気を含んだ風はねっとりと肌にまとわりつく。それでもさほど暑苦しいと感じないのは、華やぎが喧噪と紙一重の東京とは違い、芯にひんやりとした静けさがあるせいなのかもしれない。

来訪者に笑顔を向けながらも、一線を画しているようなこの街の誇り高さが、なれ合いの優しさや無神経な思いやりに疲れた母を癒やしたのかと真樹は思う。

ここで母は、他人に振り回され続ける愚かさを捨てたのか。同時に、子どもに振り回されようとすることをやめたのか。自分はさほど望まれていなかったのか。だから真樹が子どもに恵まれなくても気にしなかったのか。

乱れる思いを抱えながら二の鳥居をくぐった真樹は茅の輪を見つめる。

神の依代（よりしろ）と言われる円錐形の立砂（たてすな）を背後にした大きな茅の輪は、まるで異世界への入り口のようだ。母が向こうにいる気がして真樹は茅の輪の前に立つ。

「水無月（みなづき）の　夏越しの祓えする人は　千歳（ちとせ）の命（いのち）　延（の）ぶというなり」

厄を祓い寿命が延びるように願う神拝詞（しんはいし）を呟きながら形式どおりに八の字に輪をくぐり始める。

千年以上も前から、人はこうして命を尊いものとして大切に扱ってきたのだと敬虔（けいけん）な気持ちになると同時に、母もきっと同じことを感じたはずだと思えた。

命延ぶ——それを願いながらこうして茅の輪をくぐった母が、宿ってもいない子どもを厄として流そうとすることなどあるはずがない。

しきたりどおり三度輪をくぐり終えた真樹の頰を、ふっと清しい風が撫でた。

「あ――」

母が頰に手をあててくれたような懐かしい感触だった。水仕事をした母の、ひんやりとしているのに優しい手触りに似ている。その手は真樹が熱があるときは額にあてられ、嬉しいときは頭を撫でてくれた。

あの手は優しさのかたまりだった。

――六月は真樹が生まれた縁起のいい月だし、寿命が延びそうじゃない。

ああ、そうか。母は生まれていない子の命すら延びることを祈ったのかもしれない。

「子ども」――男でも女でもなく「子ども」と書かれた人形の意味はそれだ。

いつか我が身に宿る子がいるならば、その子に禍が降りかからないようにと母は願ったのではないか。

不意に生まれた思いは、それが正しいというように真樹の全身に染み渡る。

母は、ずっと真樹の災厄を担ってくれたあの人形を、真樹と一緒に京都のこの場所に奉納したかったに違いない。

――私は真樹と京都に行きたいのよ。六月にね。

――まず二人の生活を大切になさい。夫婦は二人で幸せになることが大事よ。

母の言葉も、笑顔も、すべての意味が今なら解き明かせる。

真樹は生まれる前からずっと、母に守られてきたのだ。母は全身全霊で真樹を愛し、自分と同じ辛さを決して娘には味わわせまいとしたのだ。

自分はこの世に生を与えられる以前から、幸せを約束されていた幸運な娘だ。

――ありがとう、元気に暮らしなさい。あなたの災厄は全部お母さんが持っていくからね、真樹。

母の心を読み解いたと思ったとき、母の声がどこからか聞こえる気がした。

「お母さん」

自分を見守る母がいる気がして、真樹は梅雨の晴れ間の空を見あげた。

しづ心なく

那識あきら

目の奥に、いや、胸の奥に棘が刺さったかと思った。

トーストを齧りながらボーッとテレビを見ていた私は、思わず椅子を蹴って立ち上がった。頭の中でまだチカチカする虹色を探して画面の隅へ目を凝らす。

今日は土曜日。番組ではお出かけ情報として関西各地の桜を特集していた。聞き覚えのあるお寺の名前に、ふと画面に注意を向けたその瞬間、虹色の小さな煌めきが目に飛び込んできたのだ。まだ少し肌寒そうな山の中、カメラが見上げる満開の桜の陰、新芽が顔を出し始めた枝に何かが引っかかっている。息を詰めて画面を見つめていると、それは再び日光を反射してキラリと光った。

私はもう一度テロップを確認した。常寂光寺。間違いない。去年の三月、中学二年の終わりに校外学習で行った、あの時のお寺だ。

「もしかして、あれ、あの時にミナセが落としたやつでは……？」

「たぶん」と続けかけて、すぐに「きっと」と言い直す。

今日の予定を訊いてくる母に「ちょっと出かけてくる」と宣言して、私は大急ぎで朝食を平らげた。

神戸から電車を乗り継いで一時間半。校外学習の時は京都駅までは学年全員での団体行動だったし、そもそもこんな遠くまで、たった一人で出かけたことが無くて、なんとなく胃の辺りがぞわぞわする。もう高校生になったんだから、と気合いを入れ直して、大きく深呼吸をして、私は嵯峨嵐山駅の改札を出た。

――『常寂光寺』と書かれた山門をくぐった途端、空気が変わった気がした。すぐ手前まで住宅地が広がっているというのに、まるで過去に迷い込んだかのように、木々の立ち並ぶ境内は静かで厳かな雰囲気に満ち溢れていたのだ。

私達二年三組三班の八名は、鉢植えの梅を愛でる人々を尻目に、まずは本堂にお参りしようと、参道を真っ直ぐ仁王門へ、更にその奥の石段へと向かった。

「盆梅展って一番下ん所だけなのか。奥のほう誰もいないな」

先頭を行く男子が、石段をのぼる足を止めて振り返った。長い階段にもかかわらず私達以外の人影は無く、心置きなくその場に立ち止まることができる。

「紅葉が有名らしいから、皆、秋に来るんと違うか？　ほら『小倉山（おぐらやま）　峰のもみじ葉　心あらば　今ひとたびの　みゆき待たなむ』って、まさにここだろ」

「でもさ、百人一首ゆかりの地、っったら、もっと賑わってるかと思ってた」

藤原定家（ふじわらのていか）が小倉百人一首を選んだ山荘がどこにあったのか、候補地は幾つかあるらしいが、ここ常寂光寺もその一つなのだ。男子達の会話をなんとなく黙って聞いていたら、仲のいい友人が私の肩をポンと叩いた。

「そういや、かるた大会、惜しかったよねえ。もう少しで優勝だったのに」

「あ、そうか、だから委員長はここに来たいって言ったんか？」

察しのいい奴は、こういう時は面倒だ。私は「あ、まあ」と曖昧に頷（うなず）いてから、ちら、ちら、と背後を、列の一番後ろに静かに立っているミナセを、見た。

私達の中学では、三学期の初めに百人一首を使ったかるた大会がある。あらかじめ各クラスで男女一組の代表を決めるための予選を行うのだが、班ごとの勝負を重ねた結果、女子では私とミナセとが代表の座を争うことになった。

ミナセはとても大人しい子だ。授業で当てられた時以外で彼女の声をほとんど聞いたことがないほどだ。休み時間に自分の席で本を読んでいる様子はいかにも文学少女という雰囲気で、加えて彼女の所作は、立ったり座ったりといったなんでもない動きまでもが、思わず見惚(みほ)れてしまうほど優雅で綺麗だった。成績も良く、才媛という言葉は彼女のためにあるんだな、なんて思ったものだ。私もクラスで三位以内に入る成績だと自負しているけれど、ミナセのほうが上なのは明らかだ。恐らく学年全体でも一位か二位かといったところだろう。

所詮、成績なんて志望高校に合格するための手段であって、誰より上だとか下だとかそんなことはどうでもいい。けれど、すごい人が同じクラスにいるとやはり気にはなる。私は空き時間にクラスの奴に頼まれて授業で分からなかったところを教えることがよくあって、結構誰とでも気にせず喋るほうだけど、ミナセとは会話する機会が全然得られなかった。だから、このかるた大会の予選がきっかけで少しぐらいは話せるようになるかな、とか漠然と思っていた。

しかしいざ勝負が始まると、余計なことを考える余裕は吹き飛んでしまっていた。おっとりとした普段の様子からは想像できないほど、ミナセの手さばきは容赦がなかった。札を取る動きそのものは私のほうが若干速いようだけど、彼女はその完璧な記憶力で、全ての上の句に「決まり字」で反応していた。

負けたくない、と私は思った。彼女に追いつこうと必死で耳をそばだて、目を凝らした。取られて、取って、取って、取られて、気がつけばミナセの持ち札はあと一枚きり。私の陣にはまだ三枚も札が残っていた。

先生が「接戦だね」と笑ってから、次の札を読んだ。「ひともをし……」と。しまった、出遅れた。そう思った瞬間、背中に汗がふき出した。けれどミナセはまだ動かない。私は自分の膝のすぐ前にあった『世を思ふゆゑにもの思ふ身は』に手を叩きつけた。叩きつけて、そのまましばらく動けずにいた。

今のがミナセに取れないわけがなかった。ミナセなら「ひと『も』」で取り札に手を伸ばしたはず。まさか、目の前の札を取られたら私が傷つくかもと気を遣った？　手加減した？　カッと全身が熱くなり、こめかみが鈍く痛みだす。

怒りにも似た思いを、私は残りの札にぶつけた。ただ夢中で、次も、その次も、私が取り札を弾き飛ばした。「委員長の逆転勝ちだ！」と気安い連中が囃したてる中、何故か私は、ミナセの顔を見ることができずにいた……。


山の斜面に建つ常寂光寺の境内は、階段と坂だらけだ。鐘楼の土台に乗ると、木々の遠くに町並みが見えた。更に高い場所にある多宝塔まで行けば、嵯峨野を一望できるに違いない。いっそその上の展望台まで登ろうぜ、と盛り上がる男子に、残りの班員も口では文句を言いつつ、いそいそと移動を開始する。

振り返れば、ミナセはまだ鐘楼の端っこに、こちらに背を向けて佇んでいた。

何を見ているのだろうか。尋ねようにも喉の奥に言葉が引っかかってしまい、私は結局「もう皆、次に行くよ」とだけ口にした。せっかくミナセと落ち着いて話ができるチャンスだったのに、と自分の馬鹿さ加減に密かに唇を噛む。

突然の呼びかけに驚いたのか、ミナセが勢いよく背筋を伸ばした。ビクッと震えた彼女の手から何かが跳ね上がるのが見えた。受け止めようと慌てて伸ばした両手が、あろうことかその何かを更に前方へと弾き飛ばした。

茶色っぽい、手のひらぐらいの大きさの何かは、大きく弧を描いて落ちていく。鐘楼の向こう側へ。枝々が絡まり合う斜面の下へ。微かな鈴の音とともに、小さな虹色の、流れ星のような軌跡を残して。

ミナセが土台の縁から身を乗り出すのを見て、私は思わず「危ない！」と声を上げていた。振り返ったミナセは、愕然とした表情をしていた。血の気の引いた顔でじっと私を見て、……でも彼女はなにも言わずに目を伏せた。

「どうしたの？　なにかあった？」

「なんでもない……。なんでもないの」

彼女の声が微かに震えている。私は、得体のしれないざらざらとしたなにかが胸の奥からせり上がってくるのを感じた。それを必死で飲み込むと、何も気づいていないフリで「皆もう先に行ったよ」とだけ言ってきびすを返した——


苔（こけ）の斜面に桜の花びらが点々と貼りついている。顔を上げれば、校外学習の時にはあんなに寒そうだった枝が、新芽に彩られて生き生きと風に揺れている。

鐘楼を見上げる急斜面の下で、私は深呼吸をして息を整えた。テレビで見た構図を思い出しながら上のほうの枝を順に探していく。やがて、斜面の中腹、地面から三メートルほどの高さに、何かが引っかかっているのを見つけた。

くすんだ茶色が保護色となって枝と同化しているが、くたっとしたタイプの小さなぬいぐるみだ。あの丸い耳はたぶんクマ。首輪に鈴がついている。

ミナセが落としたやつだ。そう頷いた瞬間、鈴がキラリと虹色に光った。

うちの中学は、勉強に関係の無いものを持ってきてはいけないことになっていた。筆箱や鞄にキーホルダーをつけるのさえ禁止。ぬいぐるみなんて余計なものを校外学習に持ってきたとバレたら、きっと内申に傷がつく。……そこまで考えて私はゆるゆると首を横に振った。いいや、違う。ミナセは、単に皆の手を煩わせたくなくて、落とし物のことを言い出せなかったのだろう。

私は再び枝を見上げた。

もうずっと、このことが気になっていたのだ。三年でミナセと別のクラスになっても、中学を卒業しても、ずっと。あの時私が声をかけなければ、彼女が何かを落とすことはなかった、と。それればかりか、あの時私が変な意地さえ張らなければ、落とした物をあの場で捜すことだってできたはずだったのだ……。

私はあらためて状況を確認した。お寺の人に頼んで箒(ほうき)か何かを借りることができれば、なんとかぬいぐるみに届かせることができそうではある。しかし斜面を絨毯(じゅうたん)のように覆う苔は瑞々しくて美しくて、これを土足で踏み荒らすのはもってのほかだと思われた。ならば上から、斜面の縁から箒を伸ばして……。

あれこれ悩む私の背後で、誰かが立ち止まる気配がした。

まさかの声が、おそるおそるといったふうに私の名を呼んだ。

びっくりして振り向くと、両手を口元に当てたミナセがそこに立っていた。


「ごめん！」と開口一番私は彼女に謝った。「実は校外学習の時、私、ミナセさんが何かを落としたことに気づいてて。でも何も言わなくて本当にごめん」

そもそもあの時、と続ける私を遮るようにして、ミナセが首を横に振った。

「何も言わなかったのはわたしのほうだから、どうか気にしないで。それに、あの時キノさんに声をかけてもらわなかったら、迷子になっていたと思うし」

一年前と同じ、僅（わず）かに目を伏せたままミナセが訥々（とつとつ）と話す。私が何も言えずにいたら、彼女は両の手をぎゅっと握って、そろそろと顔を上げた。

「……キノさんもあのテレビを見て、それで、ここに来てくれたのね……」

ほんの一瞬目が合ったかと思えば、彼女はまた視線を下方へ彷徨(さまよ)わせる。

「あのぬいぐるみは、『安心毛布』みたいなものだったの。わたし、コミュニケーションをとるのが下手で、皆とどう話せばよいのか本当に分からなくて、ああすればよかった、こうすればよかった、って毎日家に帰ってから後悔してばかりで、そのたびにあのぬいぐるみに話を聞いてもらっていたの」

また彼女の視線が私の目を掠(かす)める。いつの間にか私も両手を握り締めていた。

「校外学習で、キノさんが同じ班になろうと言ってくれてすごく嬉しくて、でも不安で、いけないと思いながらもお守りのつもりで持ってきてしまったの」

「ごめん。そんな大切なものだったなんて……。本当に、ごめんなさい」

「ううん。勝手に持ってきて勝手に落としたわたしのせい。あの時、あの子が飛んでいったほうを目で捜したけれども、どこに落ちたのか全然分からなくて、まるで煙のように消えてしまったみたいで、もしかしたらあの子は『ぼくに頼ってばかりでは駄目だよ』と言いたかったのかもしれない、って思って……」

そこでミナセは、大きく息を吸って正面を、私の目を見た。

「あれから少しずつ、少しずつ、頑張って、そして今日、キノさんにこうやってきちんと話しかけることができて、良かった、と思っています」

そう言う彼女の眼差しは、まだ微かに震えている。でもそんなことが気にならないぐらいに、強い、強い光が彼女の瞳に宿っていた。

私は思わず自分の胸元を手で押さえた。私が校外学習でミナセを同じ班に誘ったのは、かるた大会でのことを尋ねたかったからだった。だが、どうだ。私はただ自分勝手に拗ねるばかりで、未だもやもやをこねくり回しているだけだ。

一度目を閉じて、それから私は真っ向からミナセの視線を受け止めた。

「あ、あの、ミナセさん、私どうしても気になっていることがあるんだけど」

必要以上に彼女を不安にさせたくなくて、私は息継ぎも早々に話を続ける。

「二年のかるた大会の予選の時のことで、もう憶えてないかもしれないけど、あと一枚ってところでミナセさんの動きが鈍ったことがすごく心に残ってて」

私の心配をよそに、ミナセはふんわりとした笑顔で「ああ」と手を打った。

「体育祭のダンスの曲を決める時に、クラスが二分して揉めたことがあったでしょう。クラス委員長だから、ってキノさんが率先して皆の意見を上手くまとめてくれたけれど、その前の日の放課後に、わたし、教室に一人残って考え込んでいるキノさんを見かけていて、すごくつらそうだな、って思っていて」

話の出発点も行き先もさっぱり理解できなくて、私はまばたきを繰り返す。

「かるた大会で後鳥羽院のあの歌が読み上げられた瞬間、下の句よりも、あの時のキノさんの姿が思い浮かんできて……」と、ここでミナセは恥ずかしそうに足元に目を落とした。「責任感が強くて、いつもみんなのために一生懸命頑張っている、そんな素敵な人と、わたし、今、一対一で勝負しているのね、って感動していたら、あっという間に逆転されちゃって、びっくりしたわあ」

ミナセが頬を桜色に染めて微笑む。でも私のほうがもっと赤い顔をしているに違いない。照れくささのあまり、私は頬を押さえてその場にしゃがみ込んだ。

ミナセと二人で寺務所に行き、事情を説明して竹竿を一本貸してもらうことができた。作務衣を着た年配の男の人が「私が取ってあげるよ」と言ってくれたが、私とミナセが声を揃えて「自分達で取りたいんです」とお願いすると、その人は「では、私も立ち会おう」と笑みを浮かべた。寺の人間が傍にいたほうが、他の参拝客になにかと誤解されずに済むだろう、とのことだった。

万が一でも転落することのないように、私がミナセのGパンのベルトを後ろ側で摑んで重石となる。いざ、と竹竿を構えたミナセが小首をかしげた。

「あれ？　こちらからだと、見えない……？」

「あー、手前の木の陰に隠れてしまってるのかー」

どれどれ？　と立会人のお寺の人も、左右にひょこひょこ頭を動かしている。

と、斜面の下から知らないおじさんの声が響いてきた。

「茶色いタオル？　いや、人形か？　なら、そこの太い木の右側だよ！」

「もうちょっと左に立って、棒の先っちょを、こう、下へ動かしてごらん！」

見れば、下側の坂道で、数名の参拝客がこちらを見上げて手を振っている。

ミナセが私を振り返った。それから彼女は唇を引き結んで大きく頷いた。

「そうそう。もうちょっと下、もうちょっとだけ下！」

「頑張ってねー！　落ちないでねー！」

ミナセを後ろから支えながら、私は奥歯を噛み締めていた。胸の奥が燃えるように熱くて、はち切れそうで、力を抜いたら泣いてしまいそうだったからだ。

「やった！」という声や皆の拍手とともにミナセがぺたんと座り込み、私も一緒に尻もちをついた。即座にお寺の人が竹竿を引き取って、ぬいぐるみを確保する。一年もの間風雨にさらされたせいで、ぬいぐるみの布地はすっかりガサガサになってしまっていた。ミナセは、それを愛おしそうに両手で受け取った。

来てよかった、ありがとう。同じ言葉がどちらからともなく零れ落ちる。舞い散る桜の花びらの中で、私とミナセは顔を見合わせて笑い合った。

PROFILE　著者プロフィール

綺麗な言葉の裏側は

朝比奈歩

東京在住。最近はじめたビオトープ。なぜかタニシが増殖して困惑中。著書に『嘘恋ワイルドストロベリー』。『たちまちクライマックス』の1、2、4に参加。どちらもポプラ社刊。

京都で『ぬい旅』

編乃肌

石川県出身。第2回お仕事小説コン特別賞受賞作『花屋ゆめゆめで不思議な花束を』（マイナビ出版ファン文庫）でデビュー。『ウソつき夫婦のあやかし婚姻事情　旦那さまは最強の天邪鬼!?』（スターツ出版）など著書多数。

京都仮想現実同窓会

神野オキナ

沖縄県出身在住。主な著書に『カミカゼの邦』『警察庁私設特務部隊ＫＵＤＡＮ』（徳間文庫）『〈宵闇〉は誘う』（ＬＩＮＥ文庫）『タロット・ナイト』（双葉社）など。

サエコとシノブ

桔梗楓

恋愛小説を中心に執筆。趣味はコンシューマーゲームとレジン制作。著書に『河童の懸場帖 東京「物の怪」訪問録』（マイナビ出版ファン文庫）、『京都北嵯峨シニガミ貸本屋』（双葉文庫）ほか。

めぐるめぐるコンパス

貴船弘海

昔からＵＦＯを探しております。外を歩く時、お茶する時、誰かと待ち合わせをする時、気がつけば空を見ています。「一本筋の通った人間になれ！」と大人たちに言われて育ちましたが、私にとってそれはＵＦＯでした。

思い出は本棚の中

杉背よい

著書に『あやかしだらけの託児所で働くことになりました』（マイナビ出版ファン文庫）、『まじかるホロスコープ☆こちら天文部キューピッド係』（ＫＡＤＯＫＡＷＡ）など。石上加奈子名義で脚本家としても活動中。

たかだか百年
天ヶ森雀
2015年『純情欲望スイートマニュアル』（蜜夢文庫）で紙書籍デビュー。主にTL界隈に生息。著書に『アラサー女子と多忙な王子様のオトナな関係』（蜜夢文庫）や御伽噺シリーズ他。日々上昇する忘却粗忽能力と格闘中。

しづ心なく
那識あきら
大阪生まれ奈良育ち兵庫在住。子供の頃の愛読書は翻訳ミステリや冒険もの。ヴェルヌとドイルに出会わなければ現在の自分はなかったと思っている。著書に『リケジョの法則』（マイナビ出版ファン文庫）などがある。

人形流し
鳴海澪
恋愛小説を中心に活動を始める。恋愛小説の個人的バイブルは『ジェーン・エア』。動物では特に、齧歯類と小鳥が好き。既刊に『ようこそ幽霊寺へ～新米僧侶は今日も修業中～』（マイナビ出版ファン文庫）などがある。

そこにあなたという道標、そして縁
ひらび久美
大阪府在住の英日翻訳者。『福猫探偵～無愛想ですが事件は解決します～』『Sのエージェント～お困りのあなたへ～』ともにマイナビ出版ファン文庫のほか、恋愛小説も多数執筆。読書と柑橘類と紅茶が好き。

不味い大福売りの男
溝口智子
星新一のショートショートを読んで育つ。小学校五年生まで、工場には人が居ず、フルオートメーションが当たり前だと思っていた。マイナビ出版ファン文庫に著作あり。お酒を愛す福岡県在住。ちゃぶ台前に正座して執筆中。

ぶぶ漬け食べに、京都行こう
矢凪
千葉県出身。ナスをこよなく愛すフリーライター。『茄子神様とおいしいレシピ』が「第回お仕事小説コン」で優秀賞を受賞し書籍化。柳雪花名義の著書に『幼獣マメシバ』『犬のおまわりさん』（竹書房刊）がある。

この物語はフィクションです。
実在の人物、団体等とは一切関係がありません。
本作は、書き下ろしです。

京都であった泣ける話

2021年1月31日　初版第1刷発行

著　者	朝比奈歩／編乃肌／神野オキナ／桔梗楓／貴船弘海／杉背よい／天ヶ森雀／那識あきら／鳴海澪／ひらび久美／溝口智子／矢凪
発行者	滝口直樹
編集	ファン文庫Tears編集部、株式会社イマーゴ
発行所	株式会社マイナビ出版 〒101-0003　東京都千代田区一ツ橋二丁目6番3号 一ツ橋ビル　2F TEL　0480-38-6872（注文専用ダイヤル） TEL　03-3556-2731（販売部） TEL　03-3556-2735（編集部） URL　https://book.mynavi.jp/
イラスト	sassa
装　幀	坂井正規
フォーマット	ベイブリッジ・スタジオ
DTP	田辺一美（マイナビ出版）
印刷・製本	中央精版印刷株式会社

 ISBN978-4-8399-7514-2
Printed in Japan

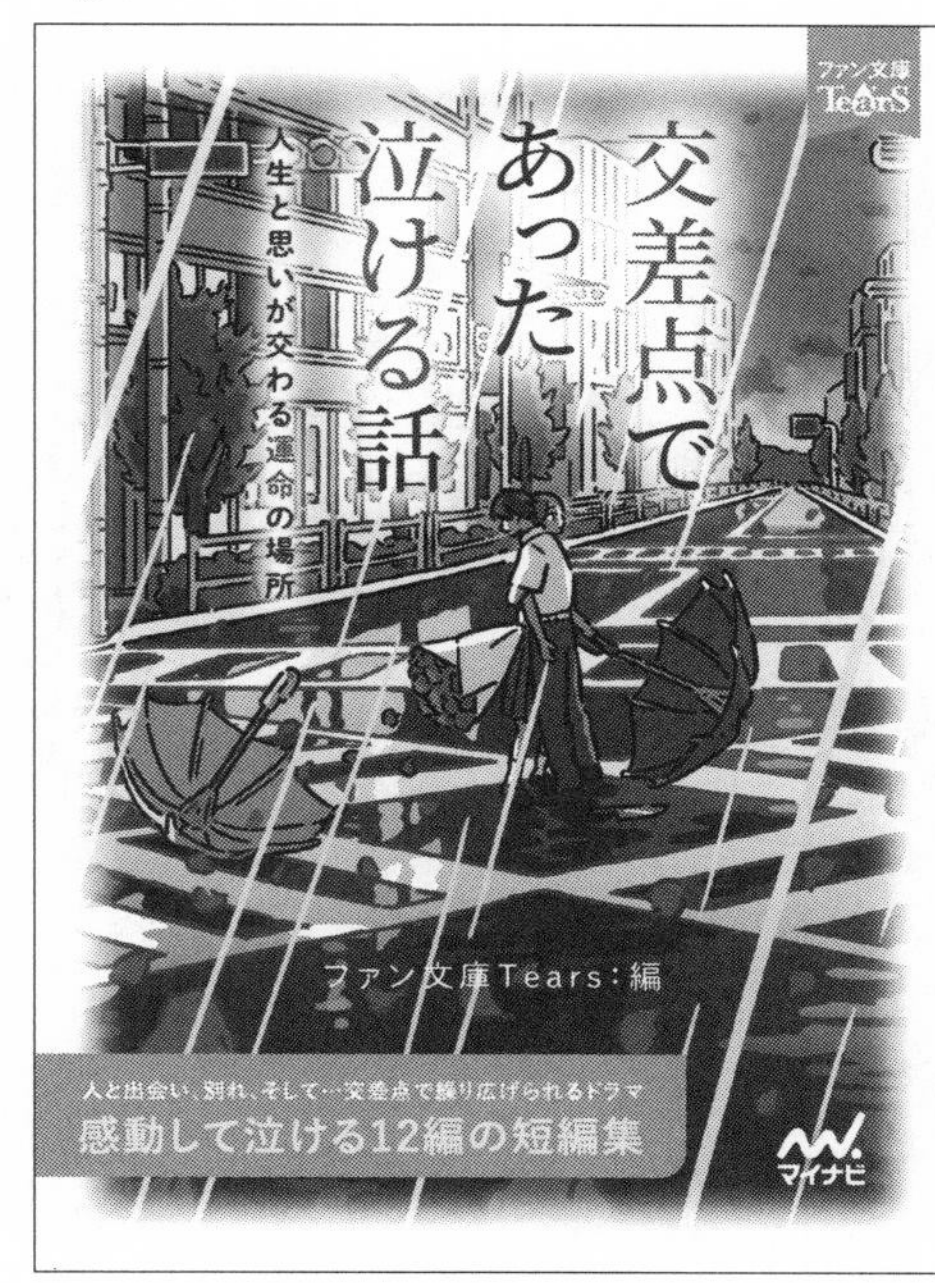

交差点であった泣ける話
人生と思いが交わる運命の場所

著者／杉背よい・国沢裕・天ヶ森雀　ほか
イラスト／丸紅茜

あなたが最後に泣いたのは、
いつだったか覚えていますか？

通勤も、通学も。休日のおでかけも。
いつもは無意識に通過している交差点。
さまざまな人との出会いが待っています。

旅先であった泣ける話

そこで向き合う本当の自分

著者／南潔・猫屋ちゃき・迎ラミン　ほか
イラスト／456

あなたが最後に泣いたのは、
いつだったか覚えていますか？

いつもとは異なる環境に身を置くことで
見えてくる、自分の新しい側面。
そして、新しい人との出会い。